아무튼, 목욕탕

아무튼, 목욕탕

정혜덕

위고

차례

목욕탕에 갔어야 했는데

각막에 초미세먼지가 끼었나 싶게 눈앞이 흐릿한 날이 있다. 어깨는 묵직하고 목을 돌리면 빽빽한 병마개 여는 느낌이 든다. 몸을 돌보고 싶지만 상황이 여의치 않다. 5교시 수업을 시작한 지 십여 분쯤 지난 교실은 잠과의 전쟁터가 되어 있다. 내 피로는 잠깐 제쳐놓고 학생들의 졸음을 해결해야 한다. 학생들을 깨우면서 오후 수업의 진도를 나간다. 퇴근길 전철 손잡이에 매달린 몸은 얼었다 녹은 오징어처럼 축 늘어진다. 집 앞 횡단보도에서 파란불을 기다리는 동안 핸드폰 배터리 마지막 칸이 깜박이듯 남은 기운이 사라져간다.

그러나 아직 해결하지 못한 업무가 남아 있다. 횡단보도를 건너는 순간부터 다시 출근이다. 가방에서 장바구니를 꺼내 마트로 돌진한다. 찌개용 돼지고기 한 팩과 애호박, 감자를 사서 신속하게 나온다. 집 현관문을 통과하면 1초도 허투루 쓸 수 없다. 반갑다는 건지 밥 달라는 건지 일단 울고 보는 고양이에게 먼저 밥을 준다. 가방과 외투를 옷장에 넣고 손을 씻은 뒤 주방으로 들어간다. 이제 남은 시간은 30분. 왜 인간 사료는 없는지 구시렁대며 저녁밥을 준비한다. 쌀을 씻어 밥솥에 안치고 고추장찌개를 끓인다. 김치와 멸치볶음을 덜고 봉지 김을 뜯으면 6시다. 세 아이가 식탁에 모여 앉는다. 아이들과 함께 저녁밥을 먹고 실거지를 마치면 두 번째 퇴근이다.

하루의 과업을 무사히 마쳤으니 뿌듯할 것 같은데 몸은 천근만근이고 마음은 우중충하다. 잠자리에 들기는 일러 텔레비전 앞에서 뉴스를 본다. 어느 순간 졸다가 정신을 차려보면 한밤중이거나 다음 날 아침이다. 자고 났는데도 피로는 여전히 눈과 어깨, 목에 매달려 있다. 후회막급이다. 목욕탕에 갔어야 했는데.

온탕 애호가쯤으로 해두자

피곤이 밀푀유 나베처럼 차곡차곡 쌓인 저녁 8시에 목욕탕에 가면 침침한 눈이 순정만화 주인공의 다이아몬드 박힌 눈망울로 바뀐다. 어깨에 얹혔던 생존과 생계의 짐은 간 데 없고 부드럽게 돌아가는 목을 되찾아 올 수 있다. 그뿐만이 아니다. 운 좋으면 마음의 괴로움과 영혼의 그을음까지 씻을 수 있다.

욕조에 물을 받아 목욕하면 되지 굳이 목욕탕까지 갈 필요가 있느냐고 묻는다면 두 가지 이유를 댈 수 있다. 첫째, 집에서 목욕하려면 욕조를 닦아야 한다. 마지막 한 방울의 힘까지 모두 짜내 쓴 상태인데 붉은 물때 낀 욕조를 어떻게 닦느냔 말이다. 미리 닦아놓을걸, 후회해도 소용이 없다(그 '미리'와는 평생 친하게 지내기가 어려운 줄 이미 안다). 둘째, 집에서 목욕하기엔 화장실이 너무 춥다. 아파트 1층으로 이사 올 때 어느 정도 추울 것으로 예상은 했지만 화장실도 추울 줄은 몰랐다. 제 수명을 다하고 덤으로 돌아가는 보일러도 목욕을 도와주지 않는다. 욕조에 온수를 받으면 3분의 1쯤 채워지고는 끝이다. 이래서는 반신욕도 어렵다. 전셋집만 아니면 적금을 깨서라도 편백 욕조를 들여놓을 텐데. 가정경제 상황을 고려했을 때 당분간은 그릴 수가 없는 그림이니 마음을 다독인다.

설사 내 집 욕실이 엄청나게 좋다고 해도 목욕탕과는 비교가 안 된다. 문을 열면 신비로운 공간 바닥에 기본으로 깔리는 훈김이 뿜어져 나온다. 촉촉한 바닥을 딛는 순간 서로 맨살로 대해도 어색하지 않은 여인들의 세상이 펼쳐진다. 나를 한 겹 벗겨 다시 태어난 듯한 기분이 들게 해주는 목욕관리사님도 대기 중이다. 목욕탕은 저녁을 먹은 뒤 30분도 안 되어 간식을 달라거나 문구점 닫은 지 오래인데 당장 내일 필요한 준비물을 챙겨달라고 나를 호출하는 아이들이 없는, 평화와 안식의 공간이다. 꽤 늦은 밤이지만 이제 진짜 퇴근이다, 라는 마음으로 다시 겉옷을 입고 목욕 가방을 챙겨 집을 나선다.

어려운 일을 무사히 완수했을 때도 목욕탕에 간다. 고등학교 3학년 수업 전날은 긴장이 두 배다. 수능시험을 준비하는 고3들에게 EBS 수능 국어 문제를 풀고 해설해주어야 한다. 국어 선생은 비문학 경제 지문을 만나면 행과 행 사이 하얀 창살에 갇힌다. 왜 환율, 보험, 무역, 최고/최저 가격제, 각종 그래프를 사회탐구 영역에서 묻지 않고 국어 영역에서 묻는지, 나도 누군가에게 묻고 싶다. 내가 이해하지 못하는 것을 학생들에게 설명할 수는 없는 노릇이니 저녁을 일찍 지어 먹은 뒤 문제를 붙잡고 씨름한다. 막내가 보드게임을 하자고 해도 시간을 내줄 수가 없다. 넘기는 문제집을 들고 인상을 잔뜩 쓰고 있는 엄마에게 "내일 또 고3이지?" 하는 걸 보면 일곱 살 어린이도 고3이 고난, 고해임을 아는 것 같다.

한 해 동안 결근 없이 고3들의 문제 풀이 마라톤 파트너로 완주한 것을 자축한 날 목욕탕에 갔다. 이런 날 2만 원을 아끼지 않고 때를 밀면 뿌듯함이 온몸으로 퍼진다. 쌓였던 긴장을 푸는 법은 사람마다 다양하다. 맛있는 음식을 먹고 기분 좋게 취할 때까지 마실 수도 있지만 마흔을 넘기니 양껏 먹으면 속이 부대꼈고 술은 두통을 불렀다. 내 처지에는 늦은 저녁 목욕이 맞춤이었다. 목욕탕에 다녀오면 몸도 마음도 뽀드득한 뿌듯함으로 기분 좋게 떠올랐다. 목욕을 마치고 곧장 집에 들어가 바로 잠들면 더 바랄 것이 없었다. 그렇게 충전이 되면 다음 날 난데없는 일거리가 툭 떨어져도 새 몸 새 마음으로 정성껏 받아 들 수 있었다.

어른이 되니 어렸을 때는 생각도 못한 문제와 마주하게 된다. 딸의 한쪽 폐에 자리 잡은 정체불명의 조직이 점점 커지고 있으니 수술을 하는 게 좋겠다는 의사의 말을 듣고 낙담했고, 전세 계약 만기는 4주밖에 남지 않았는데 이사 들어올 사람이 있어야 집을 빼주겠다는 집주인의 통보에 기가 막혔다. 그 할머니랑은 어린이집 안 가겠다고, 엄마랑 가면 왜 안 되느냐고 울며 떼를 쓰는 막내를 달래다가 진이 빠졌다.

내 힘으로 감당하기 어려운 문제를 만나면 뜨끈한 탕에 앉아 눈을 감는다. 이마에 땀방울이 살짝 맺히면 몸은 녹고 정신은 살짝 몽롱한 상태가 된다. 고민거리가 해결되지는 않지만 걱정 근심에 눌려 무거워졌던 머리가 가벼워진다. 뒤척이다 제대로 자지 못했던 날들이 만들어낸 불면의 사슬도 풀린다. 이래저래 속 끓이는 끌탕에는 열탕이 답이다.

집에서 단골 목욕탕까지는 5분 거리다. 집 현관문을 닫고 3분 걷다가 횡단보도를 건너고 다시 2분 걸으면 목욕탕 앞이다. 정확히 말하면 찜질방인데 간판에는 '사우나'라 적혀 있다. 나는 찜질과 사우나를 건너뛰고 탕 목욕만 즐기기에 그 간판을 '목욕탕'이라고 읽는다.

찜질방을 이용하지 않고 목욕만 할 경우 요금은 8천 원이다. 목욕비를 계산하면 수건 두 장, 신발장과 탈의실 옷장 겸용 열쇠, 영수증과 입욕권을 받는다. 신발장에 신발을 넣고 잠근 뒤 엘리베이터를 타고 지하로 내려간다. 지하 3층 여탕 문을 열고 휴게실 매점 앞에 놓인 아크릴 상자에 입욕권을 넣는다. 열쇠 번호에 해당하는 옷장을 찾아 문을 연다. 두툼한 겉옷부터 가벼운 속옷까지 하나씩 벗어 개켜 넣은 뒤, 옷무더기 위에 안경과 핸드폰을 얹고 잠그면 투명하고 묵직한 유리문, 진짜 목욕탕 문 앞이다.

유리문을 열면 온몸이 따뜻한 기운에 휩싸인다. 각종 비누와 보디클렌저, 샴푸 향이 살냄새, 물 내음과 뒤섞여 콧속으로 밀려든다. 목욕탕에 들어와 겨우 숨 한 번 들이쉬었을 뿐인데 몸과 마음이 반은 녹은 것 같다. 사람들의 말소리는 타일 벽과 바닥에 부딪혀 부서지고 울리다가 물소리와 합쳐져 귓가에 번진다. 명확하게 인식되는 소리가 없어서 오히려 안심이 된다. 알아들어야 할 말, 듣는 순간 반응해야 하는 말에 치였던 귀가 비로소 쉴 수 있다.

제일 호사를 누리는 건 눈이다. 안경을 벗었으니 제대로 보이는 게 없다. 가스레인지에 눌어붙은 기름때나 아이 수학 시험 점수처럼 보고 싶지 않은데 보이는 것, 내 몸을 움직여 해결해야 하는 것이 이곳엔 없다. 스마트폰을 비롯한 각종 화면에 혹사당했던 눈이 휴식에 들어간다. 요란하고 번쩍이는 신상품에 혹했던 눈도 더불어 안식을 누린다.

단골 목욕탕은 규모가 그리 크지 않다. 입구 왼쪽부터 시계 방향으로 입식 샤워 세 자리, 좌식 샤워 네 자리, 사우나실, 냉탕, 온탕, 열탕, 좌식 샤워 일곱 자리, 때 미는 침대 두 개, 다시 입식 샤워 두 자리가 전부다. 중앙에는 바가지로 물을 길어서 쓰는 '목욕탕 샘'이 있다.

마음 같아서는 당장 온탕에 들어가고 싶지만 일에는 순서가 있는 법이다. 우선 앉을 자리부터 결정해야 한다. 목욕탕에도 상석과 말석이 있다. 출입문과 마주 보는 자리 혹은 가까운 자리에 앉으면 새로운 손님이 들어올 때마다 찬바람을 맞게 된다. 말석 중의 말석이다. 입식 샤워기 맞은편 샘 자리에 앉으면 서서 샤워하는 이의 샴푸와 보디클렌저 거품이 튄다. 사람들이 자주 왔다 갔다 하는 사우나실 앞도 좋지 않다. 그러므로 상석은 출입문과 사우나실 사이의 좌식 샤워 자리라고 할 수 있다. 그 자리는 주로 시뻘겋게 된 몸을 밀고 또 미는 이, 온갖 용품이 그득하게 채워진 목욕 가방을 들고 온 이, 등과 배에 실리콘 부항기를 붙인 이들 차지다.

출입문 앞자리만 아니라면 나는 어떤 자리든 상

관없다. 목욕탕에 들어왔다는 사실만으로 이미 만족스럽기 때문이다. 그래도 굳이 고르라면 좌식 샤워 자리보다는 '목욕탕 샘' 자리를 선호한다. 그 자리에 앉으면 번거롭긴 하지만 목욕탕 샘에 받아놓은 물을 바가지로 떠서 써야 한다. 바가지로 물을 떠서 몸에 좍 끼얹으면 때가 싹 사라지는, 그 순간이 좋다. 1년에 한두 번 베란다 물청소를 하면서 양동이에 담은 물을 바닥에 좍 뿌릴 때의 쾌감과 비슷하다. 샤워기로는 그 느낌이 안 난다. 목욕탕 샘 안에 둥실 떠 있는, 녹차 티백을 넣은 초대형 스테인리스 인퓨저 통이 타일에 부딪히며 내는 청아한 소리를 좋아한다고 하면 이상하게 들리려나? 손님이 적어 목욕탕이 조용할 때만 들리는 그 소리는 내게 지리산 중턱 어느 산사의 풍경 소리보다 맑다.

목욕탕 한구석에는 큰 대야와 작은 바가지, 목욕 의자가 낮은 탑처럼 쌓여 있다. 목욕탕 주인이 아무리 청소를 꼼꼼히 한다고 해도 이런 플라스틱 용품의 물때까지 완벽하게 제거하기는 어렵다. 목욕 시작 전에 바가지와 대야를 정성 들여 닦는 분을 본 적이 있다. 집에서도 손에 잡히는 것은 무엇이든 저렇게 꼼꼼하게 닦을 분이다 싶었다. 나는 '대충 빨리'가 몸에 밴 편이라 샤워타월로 한번 슥 닦아주는 정도랄까. 그것도 건너뛸 때가 많다.

자리 선점과 도구 정비가 끝나면 바야흐로 일등 문화 시민의 품성을 도야할 때다. 목욕탕마다 벽에 붙어 있는 "몸을 씻고 탕에 들어갑니다"를 실천할 차례가 온 것이다. 사실, 나는 십여 년 전부터 맹물 샤워를 하고 있다. 샤워하면서 보디클렌저로 피부를 훑어내고 다시 로션을 온몸에 바르던 어느 날, 하나 빼고 하나 더하면 결국 제로가 아닌가 싶었다. 그때부터 유난히 땀을 많이 흘린 날을 제외하고는 물로만 몸을 씻는다. 그러나 대중목욕탕에서는 사정이 다르다. 여러 사람이 함께 들어가는 목욕탕 물을 길이 보전하기 위해 개인적인 맹물 샤워 취향은 잠시 접는다. 거품 듬뿍 낸 샤워타월로 정성 들여 몸을 닦고 헹군 뒤 머리도 감으면 입수 준비가 얼추 끝난다.

탕에 들어가기 직전, 기대감은 최고조에 달한다. 야심한 밤, 꼬들꼬들한 라면을 젓가락으로 막 집어 들 때와 견줄 만한 순간. 발가락이 물에 닿으며 짜르르한 기분을 느끼는 건 겨우 1초다. 행복은 그렇게 왔다가 순식간에 사라진다. 하지만 바로 그 찰나를 위해 기꺼이 눈바람을 맞으며 빙판 위를 살살 디뎌 여기까지 온 것 아니겠는가. 희뿌연 먼지를 마시며 때에 절어 살면서도 그 1초 때문에 발목에 또 힘을 줄 수 있는 것 아니겠는가.

온탕에 푹 들어가 앉으면 물이 턱밑에서 찰랑거린다. 적당하게 따뜻한 물에 목만 내놓고 앉는다. 평소에 의자 없이 바닥에 앉는 일이 별로 없고 그런 자세로 오래 앉아 있기도 쉽지 않은데 온탕에서만은 예외다. 참선이나 명상을 하듯 마음의 요동 없이 차분히 몇 분간 머무른다. 몸에 온기를 채우는 것, 오직 그것에만 집중한다. 이 자세로는 심장이 압박을 받기 때문에 따뜻한 충만감을 누릴 수 있는 시간은 고작 몇 분에 지나지 않는다. 물에서 일어나 온탕 턱에 걸터앉았다가 다시 푹 앉기를 반복하고, 탕 안에 사람이 적을 때는 온탕 턱에 팔을 걸치고 엎드리기도 하면서 십여 분을 보내면 입 가장자리에 찝찔한 땀방울 맛이 느껴진다.

온탕에 처음 들어왔을 때의 따끈함이 더는 느껴지지 않는다 싶으면, 열탕으로 옮겨 간다. 발을 넣으면 뜨끔뜨끔하다. 종아리까지 담가 열기에 적응이 되었을 때 과감하게 몸을 담근다. 뜨끔뜨끔은 뜨끈뜨끈으로 바뀐다. 나는 딱 거기까지다. 온탕은 건너뛰고 열탕으로 직행하는 이, 사우나실 바닥에 드러눕는 이를 어설프게 따라 했다가 5분도 못 견디고 뛰쳐나온

적이 한두 번이 아니다. 냉탕은 말할 것도 없다. 남들은 다 되는데 나는 왜 안 되는지 모르겠다. 나에게 필요한 목욕탕은 따뜻하고 뜨뜻한 곳이지 뜨겁거나 차가운 곳은 아니라서 그런가 싶다. 끓어 넘치는 속을 달래고 싶어서, 칼바람 부는 세상을 피하고 싶어서 목욕탕에 오기에 앞으로도 열탕이나 냉탕으로 직행하는 일은 없을 것 같다. 이런 수준이니 목욕탕 애호가라고 말할 자격이 없다면, 그래, 온탕 애호가쯤으로 해두자.

목욕탕 유리문을 열 때는 한 가지를 결정해야 한다. 목욕비 외에 2만 원을 더 쓸 것이냐 말 것이냐, 그러니까 '내때내밀' 할지 '내때남밀' 할지 갈림길 앞에 선다. '내때남밀' 하려면 목욕관리사님께 미리 말씀을 드려놓아야 한다. 때 미는 비용 2만 원은 적지 않은 돈이다. 단골 카페에서는 아메리카노 여덟 잔을 마실 수도 있는 금액이다. 집에서 현금 2만 원을 챙겨 왔어도 그 효용을 끝까지 따져보다가 '내때내밀' 하기도 한다. 열에 여덟 번은 그런다.

온탕과 열탕을 왔다 갔다 하며 20분 정도 몸을 담그면 때를 밀기엔 충분하다. 너무 오래 담그면 내 피부에 붙어 있는 때가 점착력을 잃고 탕으로 퍼져 나갈 위험이 있으니 적당한 시점에 물 밖으로 나온다.

'내때내밀' 할 경우 제일 정성을 들여 때를 미는 부위는 발이다. 몸에서 가장 때가 많은 부분은 복숭아뼈 아래가 아닌가 싶다. 손은 하루에 열두 번도 더 씻는데 발은 침대로 들어가기 전에나 한 번 씻어서 그런가? 고된 인생을 끌고 다니는, 아니 그 인생에 끌려 다니는 발이다. 목욕탕에서라도 특별 대우를 해줄 필요가 있다. 발 각질 제거기로 발뒤축의 거친 부분이 부드러워질 때까지 문지른다. 발이 매끈해지면 낡은 때수건으로 종아리부터 살살 밀어 전신의 묵은 각질을 한 꺼풀 벗겨낸다. 기운이 좀 남아 있는 날은 새 때수건으로 때의 병목 지점을 한 번 더 밀어준다.

그렇게 십여 분 때를 밀다 보면 때늦은 후회가 몰려온다. '내때남밀' 할걸. 이건 노동이지, 노동이고말고. 그러나 목욕관리사님께 몸 반 토막만 밀어달라고 할 수는 없으니, 다시 탕에 들어가 쉬면서 남은 힘을 비축한다. 살살 밀자. 어차피 때는 밀면 밀수록 계속 나오니까. 때수건으로 턱밑과 귀 뒤까지 밀면 얼추 다 된 셈이다. 기다란 샤워타월로 등을 마무리한다.

목욕을 마치면 대야와 바가지를 제자리에 갖다 놓고 목욕 도구의 물기를 턴다. 이 축축한 공간을 벗어나는 것이 못내 아쉽다. 아쉬움은 시원한 음료로 달랜다. 바나나우유, 요구르트, 비타민 음료 등 취향 따라 선택지는 다양하다. 나는 목욕탕에서만큼은 흰 우유다. 몸에 바른 로션이 피부에 천천히 흡수되기를 기다리면서 휴게실 평상에 앉아 흰 우유를 한 모금씩 마신다. 그때 주머니 속에 고이 챙겨온 2만 원이 손에 잡힌다. 2만 원이면… 간만에 치킨? 때 밀면서 다 써 버린 기운이 다시 살아난다. 치킨을 시켜 먹어야겠다고 생각하니 발걸음이 빨라진다. 촉촉한 눈과 가벼운 어깨, 부드럽게 돌아가는 목에 덤으로 위장에는 치킨이라니. 뿌듯하다.

목욕 가방

목욕탕 옷장 위에 각종 플라스틱 통이 빼곡하게 들어찬 바구니가 줄줄이 올려져 있는 경우가 있다. 일회용 입욕권이 아닌 한 달권을 끊어 목욕을 다니는, 일명 '달 목욕' 손님의 개인 목욕용품이다. 나는 목욕을 좋아하지만 달 목욕 결제는 망설여진다. 목욕으로 한 달에 십만 원이 넘는 돈을 지출하는 건 아무래도 부담이거니와 어쩌다 마시는 피로 회복 드링크제처럼 목욕탕을 아껴두고 싶어 지금껏 달 목욕 대열에 동참해 본 적은 없다.

평소에 짐은 최대한 적게 들고 다니는 편이라 목욕 가방도 단출하다. 다 쓴 물약 통에 나눠 담은 샴푸, 린스, 보디클렌저와 발 각질 제거기, 목욕 후 얼굴과 몸에 바를 로션 정도다. 손바닥만 한 파우치에 다 담을 수 있다. 여기에 때수건 3종만 챙기면 나름의 장비는 갖춘 셈이다.

일명 '이태리타월'로 알려진 때수건은 이탈리아산 레이온사로 만들어졌다고 한다. 원단 표면이 까슬까슬해 때 밀기에 적합하다. 사각형이 일반적이지만 엄지

손가락 구멍이 따로 있거나 아예 다섯 손가락을 끼울 수 있는 장갑형도 있다.

사각 때수건을 오래 쓰면 귀퉁이의 실밥이 풀리고 구멍이 뚫린다. 그 구멍으로 새끼손가락이 삐져나오기도 한다. 낡은 때수건은 볼품없어도 내 목욕용품 중에서 가장 귀한 대접을 받는 도구다. 자주 써서 표면이 덜 거칠어 온몸을 자극 없이 밀기에 좋다. 목욕탕에서 보낸 시간, 그 시간이 만들어준 선물이다.

그렇다고 새 때수건이 필요하지 않은 건 아니다. 집에서 샤워할 때마다 꼼꼼히 몸 전체를 씻건만, 유독 때가 많이 나오는 부위가 있다. 새 때수건은 그런 부위를 집중적으로 공략할 때 쓴다.

인간은 제 등을 못 민다. 등을 밀려면 목욕관리사님께 비용을 지불하거나 '기브 앤 테이크'로 등을 밀어줄 사람을 찾아야 한다. 긴 샤워타월이나 자루가 붙은 때수건을 이용해서 어찌어찌 등을 밀 수는 있지만 남이 밀어주는 것만 못하다. 남의 도움 없이 자기 등을 밀고 싶은 사람을 위해 등 미는 기계도 개발되었다. 회전하는 원반에 커다란 '이태리타월' 원단을 붙인 기계다. 하지만 기계를 설치한 목욕탕을 찾기가 쉽지 않다.

목욕탕에 다녀오면 신발을 벗자마자 그냥 침대에 눕

고 싶다. 그 마음을 잠시 누르고 목욕 가방에서 젖은 도구들을 꺼낸다. 내일 아침 눈을 뜨면 때수건은 보송보송하게 말라 있겠지. 언제든 목욕탕에 갈 수 있도록 잘 마른 때수건을 파우치에 접어 넣는 것으로 하루를 시작한다. 다음 목욕을 생각만 해도 힘이 난다.

어른들의 탕

외할머니 집에서 초등학생 걸음으로 2~3분 걸어 내려가면 오른편에 목욕탕이 있었다. 지금은 흔적도 없이 사라졌지만 1980년대 초반의 신당동에는 내 기억 속 첫 목욕탕이 영업 중이었다. 신당동 목욕탕에 대한 기억은 허술하다. 엄마와 그 목욕탕에 들렀다는 사실 외에는 온통 뿌옇다.

그 시절 신당동에는 제법 널찍한 마당이 딸린 주택이 많았다. 외할머니 집도 마찬가지였다. 우리 가족이 그 집의 방 하나에 기거하게 되었을 때 엄마는 우리가 살던 곳을 떠나 외할머니 집으로 들어간 까닭을 설명해주지 않았다. 신당동에서 2년을 살다가 어느 날 외할머니를 따라 잠실의 한 아파트 단지로 이사했다. 그때도 정든 곳을 갑자기 떠나야 하는 이유를 알지 못했다. 그때의 엄마는 지금의 나보다 어렸다. 아빠 사업이 망해서 외할머니 집에 들어가 살아야 한다, 가산을 정리하게 된 외할머니를 따라 이사를 해야 한다고 자식에게 일일이 설명하긴 어려웠을 것이다. 그렇게 어린 시절이 불투명 유리 같고 일부만 선명한 것은 아쉽지만 한편 다행스러운 일이기도 하다.

잠실 아파트 단지에는 5층짜리 상가 두 동이 딸려 있었다. 상가 1층 패스트푸드점에서 태어나 처음

밀크셰이크를 먹고 얼얼한 감동을 맛보았던 날을 잊을 수 없다. 잠실의 상가는 밀크셰이크처럼 달콤하고 반짝이는 곳이었다. 상가의 주 출입구에는 금은방과 잡화점이 있었다. 그 가게들의 유리 진열대 안에서 빛나는 장신구를 구경하고 문방구, 옷가게, 꽃집, 서점, 빵집, 레코드숍, 비디오 대여점을 기웃거리다 보면 한 시간이 금방 지나갔다. 그 상가에서는 뭐든 살 수 있고 뭐든 할 수 있을 것 같았다. 목욕탕만 없었다. 상가에서 큰길을 건너면 12층 건물 지하에 이제는 목욕탕이라 부르지 않는 '사우나'가 있었지만 우리는 그곳에 가지 않았다. 그 대신 엄마는 나와 여동생이 학교에 가고 난 뒤 지하철을 타고 한강을 건너 종로 서린동에 있는 사우나로 갔다.

신축 건물 사우나의 사장이 된 외삼촌은 남편 없이 자식 셋을 먹이고 입히고 공부시켜야 하는 엄마를 불러 사우나 매표소에 앉혔다. 엄마는 사우나 티켓을 팔고 수건을 빨아 널고 말렸다. 집에 가스레인지 두 대를 놓고 열댓 명 되는 직원들 반찬을 조리해 가져가기도 했다.

중학생 시절, 시험이 끝나면 지하철을 타고 외삼촌의 사우나에 가곤 했다. 을지로입구역에 내려 2번 출구로 나가면 목을 뒤로 한껏 젖혀야 꼭대기가 보이는 높은 빌딩들이 줄지어 있었다. 잠실 아파트촌에 살던 중학생에게 무교동에서 서린동에 이르는 도심의 오피스 타운은 별세상이었다. 그 빌딩들 중에서 영풍문고 건물 옆 하얗게 반짝이는 건물 지하로 들어가면 입구에서부터 기분 좋은 냄새가 났다.

1980년대 후반 강북 도심은 '넥타이 부대'의 세상이었는지 외삼촌의 사우나는 남탕 중심이었다. 남탕에서는 목욕과 사우나, 세신만 하는 게 아니라 이발을 하고 구두도 닦을 수 있다고 했다. 그에 비해 여탕은 구색을 갖추기 위한 정도랄까, 남탕에 비해 훨씬 작았다. 그러나 나는 그 작고 깨끗하고 환한 여탕이 무척 마음에 들었다. 여탕의 옷장, 타일, 대야와 바가지는 사우나가 입주한 건물 외벽처럼 하얗게 반짝이는 우윳빛이었다. 외삼촌의 사우나 여탕은 내가 제일 좋아했던 동화책의 표지를 펼칠 때 나오는 것 같았던 빛, 그 빛이 물방울에 반사되어 충만하게 가득 찬 곳이었다. 빛나고 따뜻하고 촉촉한 그곳이 엄마의 직장이요 외삼촌의 사업장이라서 너무 좋았다. 그래서 목욕을 마치고 휴게실 평상에 앉아 빨대 꽂은 흰 우유를 다 마시기도 전에 또 목욕탕에 올 날을 꿈꿨다. 정기적으로 용돈을 받은 적이 없었고 주말에 외식을 하거나 방학에 여행을 가지도 못했지만 지하철만 타면 외삼촌의 사우나 여탕에 공짜로 갈 수 있어서 행복했다.

잠실의 아파트 전세금은 나와 동생들 키가 자라듯 매년 올라갔다. 엄마는 은행에서 예금만 해봤지 대출 같은 걸 받을 줄은 몰랐다. 잠실에 살면서 집을 장만할 여유도, 기회도 잡지 못했기에 용산으로 또 이사를 하게 되었다.

이사 간 아파트에서 길을 건너면 원효로 주택가였다. 낮고 오래된 주택가로 돌아온 셈이었는데, 잠실의 상가와 쇼핑몰을 쏘다니며 십대 시절을 보낸 내게는 아무런 감흥을 주지 못하는 빛바랜 동네였다. 그런 동네에서 유일하게 정을 붙인 공간이 목욕탕이었다. 1층에는 여탕, 2층에는 남탕, 3층에는 살림집이 있는 빨간 벽돌 건물로, 이름도 전형적이었다. 그 당시 목욕탕 이름에는 금, 옥, 수정 따위의 보석 명칭을 달거나 아예 '보석'이라는 단어를 집어넣는 경우가 많았는데 그 목욕탕의 상호도 보석의 한 종류였다.

그곳에서 난생처음 열탕에 들어갔다. 열탕은 어른들의 탕이다. 열탕에 '어린이는 못 들어갑니다'라고 적혀 있진 않지만 어린이가 앉아 있는 걸 본 적이 없다. 엄마를 따라 목욕탕에 가던 시절에는 도저히 열탕에 들어갈 수가 없었다. 열탕은 목욕 연차가 내 나이를 훌쩍 뛰어넘는 아줌마, 할머니의 공간이었다. 열탕에 손끝을 넣어보면 화끈거렸다. 그런 물에 들어가 평온한 표정으로 앉아 있는 어른들이 어린 내 눈에는 무척 신비로워 보였다. 열탕은 불이 활활 타는 지옥의 이미지와 딱 맞아떨어지는 곳이었다. 몸과 마음이 자라면서 저 불지옥에 도전해보고 싶다, 어른의 세계에 발을 들이고 싶다는 목표가 생겼다. 탕 끝에 살짝 앉아 발 하나 담갔다가 빼고 넣기를 반복했다. 그러다가 에라 모르겠다 하고 몸을 담근 순간, 온몸을 꼬집는 듯한 느낌이 전신에 퍼졌다. 나 죽었다 싶은 찰나에 온탕에서는 경험해보지 못한 시원한 느낌이 밀려들었다. 나쁘지 않았다.

대중목욕탕을 비롯해 특급호텔 사우나와 24시간 찜질방을 포함한 목욕업 등록 업소는 1990년대 후반부터 감소하기 시작해 20년 사이 3천 곳 이상이 문을 닫았다는 신문 기사를 읽었다. 나를 어른으로 성장시킨 목욕탕들의 굴뚝에서는 이제 연기가 피어오르지 않는다. 오래된 목욕탕은 카페나 쇼룸으로 바뀌기도 한다. 더는 찰랑거리는 물빛으로 반짝일 수 없는 목욕탕이라니, 문득 서글픔이 밀려온다. 며칠 전

동네 단골 목욕탕에 갔더니 요금을 천 원 깎아주는 할인 행사 중이었다. 이것이 천 원의 행복이라고, 목욕 마치고 흰 우유 공짜로 마시는 셈이라고 좋아하다가 순간 불안해졌다. 장사가 잘 안 되어 할인 행사 중인가. 영원한 것이 없다는 말이 목욕탕에도 해당되는 줄 몰랐다.

〈여탕보고서〉

〈여탕보고서〉는 마일로 작가의 만화다. 네이버에서 웹툰으로 연재되었고 2016년 부천만화대상에서 대상을 수상한 작품으로, 두 권의 단행본으로도 출간되었다. 5세 이하 남자 어린이에게만 허락된 금남의 구역, 여탕에서 무슨 일이 벌어지는지 확실하게 '보여'준다. 부산 온천장에 살면서 대중목욕탕을 제집처럼 드나든 작가의 경험이 없었다면 탄생하기 어려운 작품이다. 어렸을 때부터 엄마, 언니와 목욕을 다닌 날들은 고스란히 만화의 재료가 되었다.

작가는 셀 수 없이 자주 목욕을 다녔지만 한 번도 '내 때남밀'을 하지 않았다는 점이 신기했다. "때밀이를 한 번도 안 받아본 사람은 있지만, 한 번만 받아본 사람은 없다!!!"는 친구의 증언은 목욕관리사 학원에 표어로 걸려 있을 것 같은 명언이다. 작가도 이 말에 감동해 목욕관리사님께 몸을 맡겨볼 만도 한데, 어린 시절 수건 깔린 목욕탕 바닥에 누워 엄마에게 때 벗김을 당한 고통의 트라우마로 아직은 엄두가 나지 않는다고 했다. 작가의 고백에 고개가 끄덕여졌다. 아무리 좋은 것이라도 나에게 좋아야 진짜 좋은 것이니까. 그래도 작가는 때 미는 체험을 하지 않고 목욕탕 만화를 마무리하기가 못내 아쉬웠나 보다. 연재 종료 기념으로 때 미는 체험을 시도한 에피소드를 마지막 편에 소개한 걸 보면 말이다.

아이들 재우고 난 뒤 적막한 밤, 스마트폰으로 이 웹툰을 보다가 소리 내서 웃지 못해 눈물을 질금질금 흘린 적도 있다. 웃기고 재밌고 경쾌하다. 제목은 '여탕' 보고서지만 남녀노소 누구나 즐길 수 있는 목욕탕 이야기다. 목욕탕에 너무 가고 싶은데 갈 수 없는 날 보면 영혼만 목욕탕에 다녀온 듯한 효과가 있다.

『아무튼, 목욕탕』은 〈여탕보고서〉에 빚을 졌다. 〈여탕보고서〉가 없었다면 목욕탕에 대한 에세이를 쓰겠다는 생각은 하지 못했을 것이다. 이 지면을 빌려 마일로 작가에게 감사의 인사를 전한다. 목욕탕에서 마주치면 플라스틱 통 가득 담긴 목욕탕 '아아'를 사드리고 싶다.

어린 몸, 젊은 몸, 늙은 몸

내 눈은 양쪽 모두 교정시력 1.0이다. 안경을 쓰지 않으면 가시거리는 30센티미터 이내로 줄어든다. 눈 뜨자마자 안경을 끼고 종일 지낸다. 하지만 목욕탕에 들어올 때는 옷장 안에 안경을 벗어둔다. 내 몸 외에 모든 것이 흐릿하게 보이지만 불편하지 않다. 목욕탕에서 무언가를 주목해 볼 일은 별로 없으니까. 그래서 몰랐다. 타인의 무례한 시선이 싫어서 목욕탕에 가지 않는다는 이들 이야기를 들을 때까지 목욕탕 시선 예절이 잘 지켜지는 줄 알았다. 이런, 내 몸도 이미 '시선 폭력'을 당했던 건가. 그동안 당하고도 몰랐나 싶었다.

이런 상황이니 남이 자기 몸을 보는 건 싫은데 목욕탕엔 가고 싶은 이들이 제일 곤란할 것 같다. 수건으로 가슴께부터 국부까지 가리고 목욕탕에 들어온 손님을 내 눈으로 본 날, 그런 곤란이 실제로 존재한다는 걸 인정하게 되었다. 다른 몸을 흘끔거린 적은 별로 없었지만, 그 손님을 본 이후로 더 조심하려고 한다. 내 몸 하나 닦고 가꾸는 데 충실하면 되지. 괜히 남 불편하게 만들지 말고 내 발끝만 봐야지. 밖에서 '각자도생'으로 살다 목욕탕에 들어왔으니 '각자목욕' 하자. 그런데 그런 다짐을 사르르 녹이는 이들이 있다.

예닐곱 살 아이들은 어디서든 통통 튄다. 온몸이 생장점으로 뒤덮인 듯 생명력 가득하다. 언젠가 목욕탕에서 만난 두 여자아이는 4월이면 돋아나는 연두색 잎사귀 같았다. 탕에 들어온 자매의 발그레한 얼굴에는 웃음이 가득했다. 두 딸을 다 씻기고도 기운이 남을 것 같은 엄마까지 시야에 들어오니 르누아르의 그림을 보는 듯했다. 아이들의 등장으로 목욕탕은 워터파크가 되었다. 찰방찰방 까르르 찰방찰방. 물장구치는 소리와 웃음소리가 합쳐져 기분 좋은 화음을 만들어냈다. 아이들 안에 들어 있던 생기는 온탕을 가득 채우고 넘쳐흘러 나에게도 전해졌다. 전설 속에 나오는 생명의 샘이 여기로구나 싶었다.

목욕탕 타일 바닥, 물, 그리고 비누가 '잘못된 만남'으로 엮이면 자칫 대형 사고를 부를 수 있다. 목욕탕에서 미끄러져 넘어지는 건 생각만 해도 끔찍하다. 온탕 안에 들어앉아 세상 근심 걱정을 다 잊고 평화를 누리다가도 몸이 불편한 이와 노인이 눈에 들어오면 심장이 쪼그라든다. 물에서 후다닥 튀어 나가 도와드리는 건 주제넘은 듯하고, 그렇다고 나 혼자 마음 편히 목욕을 즐기자니 어딘가 불편하다. 이래저래 마음이 쓰인다.

중년 여성의 몸은 '뱃살'이 잡히기 마련이다. 관리를 철저하게 할 듯한 몇몇 이들을 제외하면 대부분 그렇다. 목욕탕에서는 내 불룩한 아랫배의 존재감이 확실히 드러난다. 어떻게 좀 집어넣으려고 애를 써도 숨쉬기만 힘들어질 뿐, 별 변화가 없다. 몇 년 전부터 여름에 소매가 없는 옷을 입지 않는다. 늘어진 팔뚝살이 거슬리기 때문이다. 눈에 보이지 않게 슬금슬금 늘어난 나잇살은 중력의 영향을 받아 아래로 향하는데, 세상에서는 건강하고 탄탄한 몸만 치켜세운다.

이런 와중에 나름 당당하게 살아가려면 내공이 필요하다. 나는 그런 내공이 부족한 처지라 목욕탕에서 씩씩하게 씻는 이들을 만나면 위로와 힘을 얻는다. 그들의 몸은 내 눈에 들어오지 않는다. 대신, 그들이 몸을 열심히 돌볼 때 나오는 독특한 기운만 느껴진다. 같은 공간에 머무는 덕에 그 기운을 전달받고, '그래, 이 몸으로 여기까지 온 게 어디냐, 앞으로도 어떻게든 가보자.' 속으로 파이팅을 외친다.

지금까지 목욕탕에 다니는 동안 나와 다른 인종과 마주친 적은 없다. 만일 금발의 여인이 내 동네 목욕탕에 들어온다면 그녀에게 쏟아지는 시선, 특히 하반신에 꽂히는 시선을 감당하지 못할 것 같다는 생각이 들었다. 우리는 나와 다른 남을 받아들이는 데 익

숙하지 않으니까. 미국 여성들에게는 성기 주변의 체모를 완전히 제거하는 브라질리언 왁싱이 보편적인 것으로 받아들여진다고 들었다. 남성 중에서도 제모하는 이가 있다 하니 지구 반대편은 확실히 반대인가 보다.

이왕 상상력이 발동한 김에 목욕탕에 팔이 네 개인 사람이 들어온다면 무슨 일이 벌어질지 그려보았다. 신기하다는 말이 나오기도 전에 공포의 쓰나미가 덮치겠지. 사람들은 조용하지만 재빠르게 하나 둘 탕에서 탈출할 것이다. 혹 탕에 미취학 어린이가 있다면 어른들은 머릿속 말풍선에만 담아놓은 말을 입 밖으로 뱉어버릴 것이고("엄마, 저 사람 팔 네 개야!"), 엄마는 아이 입을 틀어막고 목욕 가방을 팽개친 채 유리문 밖으로 뛰쳐나갈 것이다. 손님을 죄다 쫓아낸 손님을 환영할 주인은 없으니, 목욕탕 사장님은 경찰을 부를지도 모르겠다. 그 누구에게 어떤 위해도 가한 적이 없는데, 단지 팔이 네 개라는 이유만으로 목욕탕에서 쫓겨나야 할까? 그와 나만 남은 목욕탕에서 유유자적 목욕을 즐길 수 있을까? 팔도 네 개나 되시는데 저 등 좀 밀어주십사 하는 말은 감히 못 붙이겠지만, 서로 방해되지 않는 선에서 적당히 떨어져 앉아 여유롭게 목욕할 수 있을지도 모른다.

맨몸으로 유리문을 밀고 들어가면 사회적 지위나 소유의 많고 적음 따위는 수증기처럼 흩어진다. 목욕탕에서는 몸의 나이만 두드러진다. 어린 몸, 젊은 몸, 늙은 몸. 어떤 몸이든 종국에는 늙게 되어 있다. 몸에는 인생의 자취가 새겨진다. 연로한 어르신의 둔부에 있는 검은 자국도 그런 자취의 일부다. 피부가 얇아져 뼈의 완충 역할을 하지 못하면 살에 멍이 든다.

엄마 손을 잡고 목욕탕에 오던 어린 날들은 욕객들의 몸을 씻기고 하수구로 흘러 들어가는 물처럼 순식간에 지나가버렸다. 지금은 내가 오고 싶을 때, 내 발로 걸어서 목욕탕에 올 수 있지만, 언젠가는 누군가의 부축을 받지 않으면 목욕탕에 걸음 하기 어려울 날이 닥칠 것이다. 예외가 있을 수 없다. 모두가 받아들여야 하는 정해진 결말이다. 그러다 자리에서 영영 일어나지 못하는 날 피부의 검은 자국은 욕창이 될 것이다. 몸은 책과 영화, 노래와 이야기보다 묵직하고 강렬하게 인생의 종착점을 말한다.

"결국 우린 우주먼지 아냐?" 며칠 전 곱창볶음을 경쾌하게 씹던 큰아이 입에서 느닷없이 인생론이 튀어나왔다. "우주는 끝도 없고 난 점 하나도 못 되는데 왜 사나 싶어." 겨우 십 몇 년 살아놓고 내린 결론치고는 철학적이었다. 인생 더 살아본 입장에서 뭐든 대답을 해야 할 텐데. 몇 초간 침묵이 흘렀다. 나는 심드렁하게 대꾸했다. "이렇게 맛있는 곱창을 먹으려고?" 큰아이는 내 답이 마음에 들었는지 양배추와 순대 사이에 숨겨져 있던 곱창을 집어 들며 중얼거렸다. "곱창 먹는 우주먼지, 괜찮네."

너는 곱창을 먹고, 나는 목욕탕에 오는 거지. 목욕탕 입구까지 내 발로 걸어와 목욕비 8천 원을 낼 수 있으면 족하다. 언젠가 먼지처럼 흩어질 날이 오겠지만 그때까지는 좋아하는 걸 하면서 충전된 기운으로 하루를 버텨내면 된다. 목욕하는 우주먼지라. 깨끗하겠네.

내가 바로 '그' 사람이다

스무 살, 아르바이트를 해서 용돈을 벌게 되었다. 내가 번 돈을 내고 목욕탕에 들어가니 묘한 감격에 취했다. 그 감격에 예상치 못한 난관이 닥치리라고는 꿈속에서 꾸는 꿈에서도 생각해본 적이 없었다. 1층 카운터에서 요금을 내고 표를 끊을 때까지는 좋았다. 여탕 출입문을 열고 커튼을 걷었는데 탈의실에서 난데없는 비명이 터져 나왔다. "총각, 여기 남탕 아니야!"

육체적으로 가장 아름다운 시절의 정점에 선 이십대 여성에게 이 무슨 해괴망측한 소리인지, 해도 너무한다 싶었다. 최대한 친절하고 또박또박하게 "저, 저 여자예요" 하고 답해도, 인생 살면서 뒤통수 몇 번 맞아본 경험이 있는 여인들은 쉽사리 의심의 눈초리를 거두지 않았다. 옷을 후다닥 벗어 옷장에 집어넣는 동안 그들의 시선이 등에 날아와 꽂혀 따끔따끔했다. 여인들은 옷장을 잠그고 돌아선 내 몸을 위아래로 훑어보고 나서야 보안 검색 요원에서 목욕탕 손님으로 돌아왔다.

목욕탕에서 남자로 오인당하는 것은 내 키가 한국 여

성 평균 신장을 훌쩍 뛰어넘는 데다가 짧은 커트 머리를 했기 때문이라고 생각했다. '흠, 키 큰 내가 키 작은 분들의 실수를 너그러이 이해해야지. 이것도 나름 가진 자의 고통이군.' 불쾌감이 허세로 바뀌려는 찰나, 잊었던 사실 한 가지가 떠올랐다.

키 큰 사람이 있으면 키 작은 사람이 있듯 가슴 큰 사람 있으면 가슴 작은 사람도 당연히 있다. 내가 바로 그 가슴 작은 사람이다. 나는 '받쳐주고 모아줄' 정도의 가슴이 없다. 혹 내가 총각으로 불린 건 큰 키와 짧은 머리 때문이 아니라 작은 가슴 탓이란 말인가! 허세는 허탈감이 되었다. 어쩌다 타인의 시선을 한 몸에 받게 된 상황에서 오히려 당당한 자세를 취하면 퍽 멋있을 텐데, 그건 어디까지나 내 머릿속에서만 그려지는 그림일 뿐이었다. 정신 승리는 물 건너갔으니 최대한 등을 구부리고 어깨를 접은 뒤 유리문 안으로 줄행랑을 칠 수밖에 없었다.

20년이 지난 지금도 큰 키와 작은 가슴은 그대로인 채로 짧은 머리를 고수하고 있으니, 잊을 만하면 여탕에서 문전박대를 당하곤 한다. 별로 재미도 없는데 재방송에 특집 앙코르 방송까지 탄다. 이러다가 설마 20년 후 할머니가 된 나에게 "할아버지, 여기 남탕 아니에요!" 하는 건 아니겠지.

요다 여사님의 세신 포스

피부과 의사들은 굳이 때를 밀어 피부 각질을 벗길 필요가 없다, 오히려 피부 건강에 좋지 않다는 의견을 내놓는다. 일리 있는 얘기다. '내때내밀' 하면 되지 굳이 돈 주고 '내때남밀' 할 필요가 있느냐는 이들도 있다. 그 말에도 고개가 끄덕여진다. 그렇지만 목욕탕에서 목욕관리사님에게 몸을 맡겨본 사람은 안다. 그분의 손이 닿으면 반복되는 일상에 찌든 몸이 다시 태어난 것처럼 보드라워진다. 그 마법을 경험한 사람은 목욕탕에 갈 때 주머니에 반드시 현금 2만 원을 따로 챙겨 넣는다.

내 동네 단골 목욕탕에는 〈스타워즈〉의 '요다'를 연상시키는 목욕관리사님이 출근하신다. 만일 남편이 나에게 "널 보면 요다가 떠올라"라고 말한다면 내 입에선 "당신 뭐 잘못 먹었어? 지금 나랑 한판 붙자는 거야?" 같은 전투적 문장이 튀어나올 확률이 높다. 우주의 평화를 지키는 제다이의 스승이라는 수식어구를 끌어다 붙여도 요다의 이미지는 바뀌지 않으니까. 그러나 그 여사님을 '목욕의 신'이라거나 '목욕 요정'이라 부르면 그분의 막강한 세신 포스가 빛을 잃는다. 여사님에게는 세상의 모든 때를 다 접수하고도 남을 힘이 있다. 그 힘은 주름진 얼굴로 짐작

되는 그분의 나이마저 뛰어넘는다. 작고 가냘픈 체구 어디에 그런 힘이 숨겨져 있는지 모를 일이다.

그분을 처음 뵌 날, 루크 스카이워커가 그랬던 것처럼 요다 여사님을 얕잡아보진 않았다. 그러나 별 기대가 없었던 것도 사실이다. 때밀이 예약을 하고 탕에 들어가 앉았다. 15분쯤 지나니 여사님이 나를 부르셨다. 물 밖으로 나와 세신 침대를 사이에 두고 여사님과 마주 서니 여사님은 먼발치에서 뵈었을 때보다 더 작아 보였다. "자, 누우세요." 나는 냉큼 때미는 침대에 누웠다. 서 있을 때는 보이지 않았던 그분의 다부진 어깨가 눈에 들어왔다.

에라, 모르겠다. 이제 주사위는 던져졌으니 편안한 마음으로 몸을 맡겨야지. 때수건을 낀 여사님의 손이 내 오른쪽 종아리 위를 지나가자 열탕에 들어갈 때와 비슷한 느낌이 1초간 들었다. 아프지 않은 시원한 자극이 온몸으로 번졌다. 무엇에 홀린 듯 40여 분이 순식간에 지나갔다. 나직한 목소리로 마사지 받겠느냐고 물으실 때까지 나는 그분의 나긋나긋하고 시원한 세신에 취했다.

그전까지 내가 목욕탕에서 지출해본 최고액은 목욕비 8천 원에 때 미는 비용 2만 원, 우유 한 팩 천 원, 총 2만 9천 원이었다. 원래 목욕탕에 올 때는 목욕비만 현금으로 챙겨 오는데, 그날은 지갑을 들고 나왔던 것이 기억났다. 다행인지 불행인지 지갑 안에는 만 원짜리 몇 장이 들어 있었다. 고개를 돌려 벽에 붙은 가격표를 확인했다. 전신 마사지는 어휴, 계산 불가능한 금액이었다. 그 굵고 진한 글씨를 보니 여사님의 손놀림에 반쯤 나갔던 정신이 다시 돌아왔다. 나는 여사님의 질문에 냉큼 대답할 수가 없었다. 여사님은 작지만 또렷한 음성으로 내게 다시 말씀하셨다. "미니 마사지도 있어요." 여사님은 이미 내 마음을 꿰뚫어 보셨다.

결국 나는 '미니 마사지'라고 하는 약식 마사지를 받았다. 어허허, 여사님은 참말로 요다셨다. 세신 침대 위에는 철봉이 매달려 있었다. 여사님은 철봉에 수건을 걸고 그 수건에 의지해 내 뭉친 어깨를 자근자근 밟아주셨다. 나는 침대에 엎드려 누운 채로 맞은편 냉탕 벽에 걸린 대형 사진을 바라보았다. 잎사귀를 늘어뜨린 야자수, 흰 모래사장, 맑은 바다…. 내가 누운 이 침대가 태국 어느 해변의 마사지숍과 연결된 웜홀일지도 모른다는 생각이 들었다.

짧지만 환상적인 마사지가 끝난 뒤 현금을 탈탈 털어 때밀이와 마사지 요금을 계산했다. 지갑은 텅 비었지만 목욕탕에 들어올 때와는 완연히 다른 몸이 되었다. 여사님의 기를 받아 '포스의 균형'을 회복했기 때문이겠지.

모든 음식점이 다 맛집은 아니듯 모든 목욕관리사님이 다 때를 잘 밀지는 않는다. 여기서 '잘 민다'는 말을 내 식으로 풀자면, 고객의 요구를 정확하게 파악하고 그에 맞는 서비스를 제공하는 것이라고 설명하고 싶다.

목욕관리사님 중에는 때를 밀기 전에 손님이 때수건을 고르도록 하는 분이 있다. 보통 좌우 한쪽 발목부터 종아리 방향으로 때를 밀어 올라가는데, 그때 미는 강도가 어떤지, 혹 아프거나 불편한지 물어봐주는 분도 있다. 그런 질문을 받으면 무척 감사한 마음이 든다. 서비스를 받는 입장에서 이런저런 요구를 하기 전에 서비스를 제공하는 분이 먼저 나를 세심하게 생각해주는 것이니까.

꼭 비용 때문이 아니라도 목욕관리사님에게 몸을 맡기기 부담스러울 때가 있다. 한동안 집에서 샤워만 하다가 몇 달 만에 목욕탕에 왔을 때는 은근 긴장이 된다. 때가 너무 많이 나올까 봐 걱정이다. 곤란한 순간은 또 있다. 때를 밀다 보면 산부인과 검진 받을 때처럼 다리를 쩍 벌려야 하는 순간이 찾아온다.

온몸의 때를 밀겠다고 세신 침대에 누웠으니 어쩔 수 없다는 걸 알면서도 매번 새롭게 민망하다.

"타월 괜찮아요?" 한마디 건넨 후에는 입을 꾹 다물고 묵은 각질을 벗겨내는 데만 집중하는 묵언형 여사님이 있는가 하면 "어쩜 이렇게 피부가 희고 고와요"라고 시작해 때 미는 내내 손님과 즐겁고 명랑한 대화를 주고받는 친화형 여사님도 있다. 때 밀기 전에 뜨거운 물에 적신 수건을 다리와 배에 얹고 찬물에 적신 수건은 머리 밑에 넣어주시는 세심형 여사님, 전신의 때를 다 밀고 나서 어깨 안마를 덤으로 해주시는 서비스형 여사님도 있다.

사람 몸이 거기서 거기지 싶지만 각각의 몸은 조금씩 다르다. 이 세상 어디에도 같은 몸은 없다. 그 개별적인 몸을 만지는 기술은 숙련도에 따라 차등이 있을 수밖에 없다. 하일권 작가는 웹툰 〈목욕의 신〉에서 때 미는 기술보다 더 중요한 건 마음으로 미는 거라고, 진심을 담아서 밀어야 한다고 말했다. 과연 그럴까? 아프다고, 살살 밀어달라고 말씀을 드려도 별 차이가 없는 경우가 있다. 마음 자세의 문제가 아니라 기술 부족의 문제일지 모른다.

딱 한 번, 얇은 장갑을 낀 목욕관리사님이 때를 밀어주신 적이 있었다. 사람마다 호불호가 갈리겠지만 나는 별로였다. 여사님의 손에 내 피부가 닿는 '손맛'이 반감되는 느낌이랄까. 중국에 자주 출장을 다니는 친구가 내 말을 받아주었다. 발 마사지사들은 대체로 맨손으로 발을 마사지하는데, 간혹 장갑을 낀 마사지사를 만나면 자기도 별로라며 공감을 추가했다. 남과 닿는 손길이 더없이 위험하고 불안해진 세상에서 살아가기에 내 몸에 이롭고 안전한 목욕관리사님의 손길이 더 소중하게 느껴진다.

목욕관리사는 저마다 독립된 자격으로 손님을 받는다. 그런데 그날은 손님 한 명에 목욕관리사님이 두 명이었다. 한 여사님은 손님의 왼팔을, 다른 여사님은 손님의 오른쪽 다리를 밀고 있었다.

옷 갈아입으며 주워들은 사연의 내용은 간단했다. 전신의 때를 밀려면 최소한 30분은 걸린다. 손님은 때를 밀고 싶었으나 30분의 시간을 낼 수가 없었다. 보통 사람들 같으면 다음번을 기약했을 것이다. 그 손님은 달랐다. 지금 '오늘의 때'를 밀지 않으면 나중에는 '오늘의 때'를 밀 기회가 다시 오지 않는다는 것을 아는, 순간의 소중함을 놓치기 싫어하는 이였다. 짧은 시간 안에 때를 밀고 싶어 하는 손님을 위해 두 분의 여사님이 나섰다. 15분 만에 매끈한 몸으로 변신한 손님은 대만족했다. 여사님들은 손님을 기쁘게 배웅했다. 손님은 두 목욕관리사님이 모두 만족할 만한 요금을 지불한 모양이었다. 두 배의 때수건 자극을 감당할 수 있고 두 배의 세신 요금을 낼 수 있는 손님만 가능한 일타쌍피의 때 밀기였다.

목욕관리사님들은 속옷을 입고 때를 민다. 색상은 검은색이 주종을 이루지만 호피 무늬나 빨간색을 입은 분도 본 적이 있다. 한번은 체리핑크색 작업복을 걸친 목욕관리사님에게 때를 밀었는데 자세히 보니 때수건도 체리핑크색으로 '깔맞춤' 되어 있었다. 그분의 패션 감각에 덩달아 어깨춤이 났다.

목욕을 마치고 휴게실에서 로션을 바르는데 한 목욕관리사님이 말을 붙이셨다. "손님은 키 커서 좋겠네, 난 초등학교 6학년 때 키 그대로야." 여사님의 말씀에는 영업적 의도가 없는, 순수한 부러움이 담겨 있었다. 나는 키 커서 안 좋은 점도 있다는 말씀을 드리며 여사님과 수다 장단을 맞췄다. 이렇게 홀딱 벗고 선 채로 잘 모르는 사람과 대화를 나눠도 어색하지 않은 곳이 목욕탕이니까.

"키 크면 뭐 하나요, (지금 보시는 대로) 가슴이 없어요." 여사님의 작은 키를 두둔해드리고 싶어서 건넨 말이었는데 의외의 대답이 돌아왔다. "난 엉덩이가 없어. 그래서 엉덩이 보정 속옷 입잖아. 여름엔 땀 차서 죽겠어." 졸지에 나는 여사님과 신체 비밀을 공유한 사이가 되었다.

수다 주제는 몸에서 속옷으로 넘어갔다. 여사님은 목욕탕에서 검정 레이스 팬티를 입을 때 가운데 면 부분을 떼어낸다고 설명해주셨다. "그러면 물이 잘 빠지거든." 목욕관리사님들이 걸친 란제리는 속옷이 아니라 작업복이었다.

평일 저녁 8시, 여탕에는 아무도 없었다. 마치 나만을 위한 전용 목욕탕에 들어온 것 같아 신이 났다. 그런데 목욕관리사님도 안 보였다. 때를 밀러 왔는데 때 밀어줄 분이 보이지 않으니 난감했다. 여사님을 찾으려고 도로 유리문을 열고 나갔다. 한기에 몸이 부르르 떨렸다. 어디 가셨지? 그러고 보니 매점을 관리하는 여사님도 자리에 안 계셨다. 수건으로 몸을 대충 닦고 휴게실 이곳저곳을 기웃거렸다.

매점 뒤 화장실 쪽에서 말소리가 들렸다. 그 소리에 이끌려 두 발짝 갔을까, 거기 두 여사님이 있었다. 화장실 문과 마주 보는 움푹 들어간 공간에 상을 펴고 김치에 밑반찬 몇 가지를 곁들여 저녁 식사를 하시는 중이었다. 나는 두 분 눈에 뜨이지 않으려고 조용히 몸을 돌렸다. 하지만 그 짧은 순간에 여사님과 눈이 마주쳤다. 여사님은 나를 보더니 자리에서 일어나셨다. 밥도 넘기지 못하고 내게 건네시는 말씀은 음질의 비빔밥이 되어버렸지만 메시지는 간단했다. 나 밥 다 먹었다, 조금만 기다려라, 얼른 때 밀어주마.

돈 내고 그에 합당한 서비스를 받는 것은 소비자의 권리다. 나는 2만 원을 내고 때를 밀고 여사님은 내 때를 밀어주고 2만 원을 번다. 내가 받을 서비스에 적절하게 값을 치렀으니 내 할 일은 그걸로 끝났다. 그런데 여사님은 내게 서비스를 제공하는 과정에서 화장실 문 앞에 쭈그리고 앉아 밥을 드셨다. 나 때문에 밥을 채 넘기지도 못하고 자리에서 일어나셨다. 여사님이 쾌적하지 못한 곳에서 식사하시는 모습을 보니 마치 내가 그분을 그렇게 만든 것 같은 기분이 들었다.

식사하시는데 뭐 그리 급할 게 있냐고, 다 먹고 살자고 하는 일이라고, 식사하시고 나면 좀 쉬셔야 소화도 되고 한다고 말씀드리자 여사님은 씩 웃으셨다. "때 밀자는 말이 제일 듣기 좋은 말이지. 밥 먹다가도 뛰어나가게 되는 말인데? 돈 벌리는데, 그 말이 최고지." 나는 아직도, 무슨 말을 어떻게 해야 할지 모르는 손님이었다. 여사님이 벗겨주신 때와 함께 나의 어리석음이 하수구로 흘러 들어갔다.

늦은 저녁에 목욕을 하러 갔다가 목욕관리사님이 퇴근을 준비하는 모습을 본 적이 있다. 삶에 지친 사람들의 때를 벗기느라 쉴 틈이 없는 분도 퇴근 직전에는 간단하게 목욕을 하셨다. 여사님은 열탕에 몇 분 동안 몸을 담그고, 때를 밀고, 샤워기로 몸을 씻었다. 손님과 다른 점이 있다면 세신 침대 옆에 놓인 커다란 플라스틱 통의 뚜껑을 열어 새 수건을 꺼내신 것 정도랄까. 내가 목욕을 마치고 나왔을 때 휴게실 텔레비전에서는 일일드라마가 방영되고 있었다. 목욕관리사님은 매점 여사님과 드라마의 지지부진한 전개에 대한 감상평을 주거니 받거니 하다가 출입문 너머로 퇴장하셨다.

새벽 근무를 마친 목욕관리사님들도 일일드라마의 배웅을 받으며 퇴근을 하신다. 모처럼 아침 목욕을 하러 간 날이었다. 두 여사님이 옷을 다 입고 가방도 손에 든 채 텔레비전 앞에서 옥신각신하고 있었다. 전날의 드라마가 재방송되는 찰나, 한 분은 그거 맨날 봐도 뻔하다고 그만 가자고 하셨고, 다른 한 분은 뻔한 거 다 알지만 그래도 봐야 한다셨다. 두 분 말씀이 길어진 사이에 나는 옷을 다 입었고, 그분들과 함께 여탕을 나와 엘리베이터를 탔다.

1층 목욕탕 매표소에서 열쇠를 반납하다가 여사님들의 일수 수첩을 보게 되었다. 목욕관리사님들은 목욕탕에서 월급을 받는 게 아니라 그날 번 돈에서 일정한 '일비'를 제하고 가져간다고 들었다. 손바닥만 한 홍익사 비망노트에 작은 숫자가 빼곡히 적혀 있었다. 사람들의 몸을 만져주며 번 돈의 기록이자 여사님의 인생 기록이었다. "내가 이 일 한 지가 30년이야. 이걸로 애들 대학 공부까지 다 시켰잖아." 때를 밀 때 들었던 여사님의 자랑이 떠올랐다. 애들 대학 공부까지 다 시켰으면 이제 쉬실 만도 한데 여사님은 오늘도 출근하셨다. 거기서 거기인 드라마처럼 반복되는 일상을 부지런히 메꾸며 살아온 것처럼, 여사님은 내일도 숫자를 적으며 퇴근하실 것이다.

때밀이, 세신사, 목욕관리사

'때밀이 아줌마'가 때를 밀어줬던 적이 있다. 엄마가 바빴던 날이었을 것이다. 어린 내가 엄마 연배의 여자분을 아줌마라고 부르는 건 실례가 아니므로 "아줌마, 때 좀 밀어주세요"라고 말했으리라.

세월이 흘러 내가 아줌마가 된 사이에 '때밀이 아줌마'라는 말은 사라졌다. 부산 경남 지방에서 쓰는 '나라시 아지매'라는 말 역시 사라지고 있다. 말에 붙은 부정적인 어감 때문이다. 대신 '목욕관리사'라는 직업명이 생겼다. 2018년 한국고용정보원에서 펴낸 한국고용직업분류 해설서 '피부 및 체형 관리사' 항목에 목욕관리사가 있다. '세신사'는 공식 직업명은 아니지만 사람들 사이에서 쓰이는 말이다.

이제는 '내때남밀' 해주시는 분을 목욕관리사님 또는 세신사님이라고 부르면 되는데, 실제로 목욕탕에서 이렇게 부르는 경우는 극히 드물다. 목욕관리사님은 좀 기니까 앞에 붙은 '목욕'을 빼고 관리사님이라고 불러봄 직한데 그 말도 들어본 적이 별로 없다.

말이 나온 김에 생각해보면, 거리를 청소하는 이를

'환경미화원님'이라고 부르지 않는 것과 비슷하다고 할까. 그런 고민을 해결하려고 결혼한 여자나 사회적으로 이름 있는 여자를 높여 부르는 호칭인 '여사님'을 쓰기도 한다. 사실, 여사님보다는 '기사님'이라고 불러야 더 정확할 것 같다. 목욕관리사는 피부에 대한 전문 기술을 구사하는 직종이니까. 내 단골 목욕탕의 목욕관리사님들은 '사장님'일 것 같기도 하다. 목욕탕 사장님에게 월급을 받는 노동자가 아닌, 개인사업자니까.

이러니 골치 아픈 호칭은 생략하고 그냥 "저 때 좀 밀어주세요" 하고 싶다. 많은 이들이 실제로 그렇게 한다. 그래도 못내 아쉽다. 듣는 사람도 부르는 사람도 적절하게 여기는 호칭을 사용하면 좋을 텐데. 나에게 목욕탕은 천국과 같은 공간이고 목욕관리사님들은 천사와 비슷한 존재니, 다음번에 목욕탕에 가면 용기를 내어 시도해봐야겠다.

"관리사님, 때 좀 밀어주세요."

목욕탕집 남자

그의 부모님은 부산에서 목욕탕을 하신다고 했다. 오, 매일 목욕하는 목욕탕집 남자를 만나다니! 신기하고 놀라웠다. 그러나 그는 목욕을 갓 마친 매끈하고 향기로운 이미지는 전혀 아니었다. 꾀죄죄하지는 않았지만 우중충했다. 주로 카키색이나 진회색 옷을 걸쳤던 것으로 기억되는데 패션 능력자들처럼 멋스러운 분위기를 연출하기 위해서라기보다는 때가 덜 탄다는 이유로 고른 것에 가까운 카키색과 진회색이었다. 그는 자그만 키에 점잖을 뿐 별다른 존재감이 없었다. 대학 동아리에서 만났지만 나의 연애 레이더에 걸리지 않고 유유히 날아갔다. 한마디로, 그와 나는 서로 별 관심이 없었다.

십대 후반에서 이십대 후반까지 내가 최우선으로 중요하게 여기고 열정을 쏟아부은 일은 과외 아르바이트였다. 등록금 내줄 사람은 없는데 대학에다 대학원까지 진학했으니 학교 수업보다 과외 수업 준비에 더 충실할 수밖에 없었다. 과외 다음으로 공을 들인 일은 연애였다. 과외 중심으로 짜인 삭막한 스케줄을 버텨낼 수 있었던 건 연애의 힘 덕분이 아니었나 싶다.

순수한 연애, 오랜 연애, 시원찮은 연애, 미친 연애 등 각종 연애를 경험하고 나니 두 문장이 남았다. 첫째, 사람 마음은 변한다. "어떻게 사랑이 변하니?" 〈봄날은 간다〉의 유지태가 되어 애끓는 절규를 외친들 소용이 없다. 사랑이니까 변한다. 사람의 마음에서 나온 사랑이니까 변하는 것이다. 사람 마음은 시시각각 움직이고 일관성을 갖추기가 굉장히 어렵다. 나는 변했는데 상대방이 아직 안 변했으면 나쁜 년이 되는 것이고, 반대 경우는 나쁜 놈이 되는 것이다. 둘 다 비슷한 시기에 변하면 유통기한 만료이니 미안해할 사람이 없어서 다행일 수도 있다. 둘째, 그러므로 낭만적 사랑은 언젠가 시든다. 물론 예외도 있겠지만 내 경험상 대체로 그렇더라는 결론에 도달했다. 그러면 어쩌란 말이냐?

낭만적 사랑의 유통기한이 정해져 있다면 연애의 불꽃이 꺼지기 전에 결혼하면 되는 것 아닐까, 결혼해서 잘 살면 되는 게 아닐까 생각했다. 연애에서 찾지 못한 답을 구경해보지도 않은 결혼에서 찾으려고 하다니, 시험 한번 보려면 모의고사 문제집을 몇 권씩 풀면서 준비하는 나라의 백성답지 않은 추론이었다.

초등학교 4학년 때 아버지 사업이 부도가 났다. 아버지는 해외로 도피했고 그때부터 십여 년 동안 나의 아버지이며 엄마의 남편인 그분을 보지 못했다.

당연히 부부가 지지고 볶으며 사는 모습을 집에서 옆 눈으로라도 볼 기회가 없었다. 게다가 나는 좀 무식했다. 어릴 때부터 책에 파묻혀 지내는 걸 좋아했고 어른들에게 똑똑하다는 칭찬을 들어왔기 때문에 나 정도면 유식한 사람이라고 생각했다. 그러나 책에 갇힌 사람이 신념에 휩싸이면 무식하고 무서운 사람이 될 가능성이 있다. 당시 나는, 변하지 않고 변할 수 없는 신의 손이 결혼을 붙잡고 있으면 안전할 것이라는 종교적 신념에 휩싸여 있었다. 연애하던 '교회 오빠'와 결혼하면 행복하게 오래오래 잘 살았다는 동화 속 공주 비슷하게 될 거라 믿었다. 인간의 나약함을 신에 대한 믿음으로 극복해나가면서 고운 노할머니가 되는 것이 인생의 정답이라 생각했다.

연애가 결혼으로 연결될 가능성이 있는 지점으로 접어들면 우는 오빠들이 종종 있었다. 여자친구의 아버님은 뭐 하시는 분이냐고 물어본 남자친구의 부모님, 그 부모님의 반응에 영향을 받은 남자친구는 울면서 나를 떠나갔다. 부모님과 갈등이 벌어진 상황이 괴로워 우는 건지, 그 갈등에 대한 대가를 지불할 만큼 나를 사랑하지는 않는다는 것을 깨달아서 우는 건지, 알 수가 없었다. 내가 꿈꿨던 인생의 정답은 정답이 아니었던 것인지, 아니면 원래 정답 자체가 없었던 것인지 헷갈렸다.

시험에 낙방한 것 같은 마음이 들어 질질 짜고 있던 어느 날, '목욕탕집 남자'와 연락이 닿았다. 동아리 모임을 마친 뒤 마지막까지 남아 의자 정리를 했던, 남들 밥 사 먹이다가 정작 본인 하숙비는 못 챙겼던 그의 모습이 기억났다. 개성은 없지만 일관성 있는 인품의 소유자, 요즘 세상에 보기 드문 헌신과 희생의 아이콘이 아니던가. 사랑은 가도 인품은 남겠지. 그렇게 목욕탕집 남자와 연애 비슷한 것을 하게 되었다.

그가 부모님 목욕탕은 '전세'라고 말했을 때 그 말이 무슨 뜻인지 잘 몰랐다. 그 당시 나는 내 집 전세도 계약해본 적 없는 나이였다. 결혼이 가시화되면서 그의 부모님이 어떤 삶의 여정을 걸어오셨는지 좀 더 자세히 알게 되었다. 그의 아버지는 공장에 다니면서 배운 보일러 기술을 활용해 목욕탕을 차리셨다. 당신이 겪어온 고생이 없는, 더 따뜻하고 안락한 세계가 자식의 앞날에 펼쳐지기를 바라는 마음으로 아버지는 목욕탕 간판의 불을 켜시고 어머니는 카운터를 지키셨을 것이다. 마침 아들이 공부를 잘해 서울의 대학에 진학했고 목욕탕 수입은 그의 학비와 하숙비로 들어갔다. 그러니 그의 부모님 목욕탕은 끝까지

'전세'일 수밖에 없었다. 그는 부산 부모님 집에 들르면 목욕탕에서 샤워를 할 뿐 목욕은 하지 않는다고, 대신 목욕탕 청소를 한다고 말했다. 그는 목욕을 즐길 줄 모르는, 목욕을 좋아하지 않는 목욕탕집 남자였다.

그의 부모님은 내게 아버님은 뭐 하시냐고 묻지 않으셨다. 만일 물으셨다면 "아버님은 사업을 하다가 부도가 나서 해외로 도피, 불법체류자가 되셨습니다. 타국에 오래 머물다가 몇 년 전에 귀국하셨습니다"라고 답해야 하나 고민했을 것이다.

아침 드라마에서 이렇게 말하면 그다음에는 물벼락과 흰 봉투, "애비도 없는 망한 집 딸년이 며느리로 들어와 우리 집안을 망치려고 한다"는 대사가 따라온다. 내 아버지는 한동안 부재중이었다. 아버지 사업이 망한 것도 맞다. 그런데 집안을 망치려는 건 뭘까? 아침 드라마의 여주인공은 어려운 환경을 극복한 캔디 같은 인물인데 캔디가 집안을 망쳤다는 말은 지금까지 들어본 적이 없다. 나는 아침 드라마 여주인공은 아니지만 내 대답이 그런 오해를 불러일으킬까 싶어 '생략법'을 사용하기로 했다. 그 당시 아버지는 지방의 한 요양원에 계셨다. 중간 과정을 설명하지 않는다고 아버지의 현재 상태가 바뀌는 건 아니니까, 그에게 알아서 적당히 말하라고 했다.

의외의 반응은 내 엄마에게서 나왔다. 딸보다 키도 작고 눈도 작고 목소리도 작은 목욕탕집 남자의 첫인상은 엄마 세대가 '남자답다'고 생각하는 이미지와 거리가 멀었다. 엄마도 그의 면전에 대고 아버님이 뭐 하시는지 묻지 않았다. 그가 먼저 설명을 했으니까 물을 필요가 없었다. "아버지는 공장에서 일하시다가 지금은 목욕탕을 하십니다."

그를 만나본 인상을 물었더니 엄마에게서는 "니가 결혼하고 싶으면 하는 거지" 하는 떨떠름한 대답이 돌아왔다. 엄마라는 사람은 나를 최우선으로 여기는 몇 안 되는 존재이므로 내 인생에 훈수를 둘 수밖에 없다고, 인생 길게 살아본 엄마 조언에는 내 생각과 판단을 뛰어넘는 지혜가 들어 있다고 생각했다. 그러나 엄마가 알지 못하는 것, 아니 알고 싶어 하지 않는 것을 나는 알고 있었다. 엄마가 나름대로 최선을 다해 키워놓은 당신 딸은 다른 부모 눈에는 별로였다. 엄마 눈에 차는 남자의 집에서는 나를 환영하지 않았다. 첫 만남에서 엄마에게 환대를 받지 못한 그는 상처를 받았다. 나는 엄마에게 그를 소개하면서 '미화법'을 쓰지 않은 것을 후회했다.

세월은 그와 나를 부모로 만들었고 그와 나의

아이들은 운 좋게도 부모님이 무언가를 하는 자식들로 성장했다. 장차 대세는 비혼일 테니 그와 내가 다른 집 자식들에게 그들 아버님이 뭐 하시는지 물을 확률은 상대적으로 적을 것이다. 혹 그 말 비슷한 것이 머릿속에 떠오른다면 새로 산 때수건을 꺼내 이십대의 나로 돌아갈 때까지 박박 밀면 되려나.

시부모님의 목욕탕은 전통시장 골목에 있었다. 이름은 '금수탕'이었다. 한글로 적혔지만 아마 '쇠 금'에 '물 수' 자를 쓰는 금수탕이었을 것이다. 공교롭게도 그 전통시장에는 식용 개 시장이 있었다. 그래서 그 목욕탕 이름은 '새 금'에 '짐승 수'로 읽히기도 했다. 장날이면 목욕탕 입구 앞까지 노점이 즐비했다. 특히 명절은 목욕업의 대목이라 설날과 추석 당일 오전까지 영업을 했다. 어머님은 음식 하랴 카운터 보랴 정신이 없으셨다. 나도 덩달아 진땀을 뺐다. 갓 며느리가 되어 어머님의 주방에서 보조 노릇을 해야 했으니까. 그런데 그 진땀에 또 진땀을 흘릴 일이 있었다. 어머님이 내게 목욕을 권하셨다.

시댁 목욕탕에서 목욕을 한다는 건 시어머님이 들어오실지도 모르는 목욕탕에서 목욕을 한다는 애기인데 아무리 애를 써도 머릿속에 그림이 그려지지 않았다. 친한 친구들과도 목욕탕에 같이 간 적이 없는데 시어머님이라니. 오우 노우, 사장님 나빠요.

처음엔 다른 핑계를 댔다. "어머님, 저 아침에 샤워하고 왔어요." 거짓말은 아니었다. 시댁 주방에서 두 시간 넘게 전을 부치느라 온몸에 기름 냄새가 풀풀 났지만 그렇게 말했다. 하루 세 번은 샤워를 해줘야 하는 삼복더위 한가운데 들어 있는 아버님 생신상을 차리러 시댁에 들렀을 때도 어머님은 목욕을 권하셨다. 그때는 더워서 싫다고 둘러댔다.

지금 생각해보니 생리 중이라고 거짓말을 하면 되는 걸 뭐 하러 고민을 했나 싶기도 하다. 하지만 내 인생에서 꽤 중요한 인물인 시어머니와 관계를 쌓아가기 시작하는 단계에서 거짓말을 끼워 넣고 싶진 않았다. 그렇다고 똑 부러지게 "어머님, 저 목욕하기 싫어요" 하지도 못했다. 어른이 거듭 권하시는데 싫다고 하면 예의가 아니라고 배웠으니까. 눈치가 없는 편이지만 어머님 얼굴에서 섭섭한 기색을 읽은 날, 결국 여탕으로 내려갔다.

뜨거운 탕 안에 들어갔지만 영 긴장이 풀리지 않았다. 온탕에 들어가도, 열탕으로 옮겨봐도 몸이 녹을 기미가 보이지 않았다. 목욕탕에 가면 마음을 비우고 생각을 정리하는데 시댁 목욕탕에서는 상태가 역전되었다. 마음은 뒤죽박죽이고 생각은 빗발쳤다. '시댁' 목욕탕에서 목욕을 즐기는 며느리가 있다면 주저하지 않고 그분을 내 인생의 참된 스승으로 모시리라. 어떻게든 목욕을 하고 나오면 되겠지, 그러면 된 거지.

주위를 둘러보니 여인들은 다들 목욕에 열중하고 있었다. 부산의 목욕탕은 뭐가 다를까? 달랐다. 한쪽 구석에 신기한 물건이 있었다. 말로만 듣던 등 밀어주는 기계를 그날 처음 보았다. 부산과 경남 지방 목욕탕에만 남아 있다던 전설의 물건이었다. 뭔가 '전설의 고향'의 아우라가 밀려오는 듯했다.

그 느낌은 틀리지 않았다. 어머님이 목욕 바구니를 들고 여탕에 들어오셨다. 입구에서부터 손님들과 인사를 주고받다가 내 앞에 앉으셨다. 하하, 결국 이렇게 되는구나. 내 영혼은 이미 반쯤 육체를 벗어나 있었다. 그런데 거기서 끝이 아니었다.

어머님께서 때를 밀어주겠다고 하셨다. 네? 저를요? 시댁 목욕탕에 억지로 들어와 앉아 있는 것도 고역인데 어머님에게 몸을 맡기다니! 아직 남편 앞에서 옷도 잘 못 벗는 부끄럼쟁이 새신부한테 너무하시는 것 아닌가. 지금 생각해보면 며느리를 예뻐하는 마음으로 때를 밀어주마 하셨을 텐데, 나로서는 밖에서 잠근 사우나실에 들어간 기분이었다. 얼결에 당한 무장해제였다.

우리의 뇌는 민망하고 부끄러운 기억, 되살리고 싶지 않은 장면을 알아서 지워준다고 한다. 물론 뇌가 지우지 못할 정도로 강한 충격과 공포를 받으면 얘기가 달라진다. 과거에 경험했던 위기나 공포와 비슷한 일이 발생하면 당시의 감정을 다시 느끼면서 심리적인 불안을 겪게 된다. 일명 '트라우마'다. 다행히 어머님이 때를 밀어주신 일이 내게 트라우마가 되진 않았다. 그렇지만 그 장면을 뇌가 지워준 것도 사실이다. 어머님이 내 팔을 때수건으로 밀어주던 그 장면 이후로는 아무것도 기억나지 않는다.

그날 목욕탕에서 내 때를 밀어주시겠다고 생떼 아닌 생떼를 부리신 것을 제외하고 어머님은 오늘까지 내게 무언가를 강요하신 적이 없다. 어머님과 나는 같은 대한민국 사람이지만 겹치는 부분이 거의 없다. 출신 지역, 성장 배경, 직업, 문화와 종교 모두 제각각이다. 어머님의 그 무엇도 (그 탁월한 경상도식 김치와 밑반찬은 빼고) 나와 맞지 않았다. 만일 어머님이 당신의 생각과 가치관을 기준으로 내 말과 행동을 판단하고 고치려 했다면 나는 어머님과 편안한 관계를 쌓지 못했을 것이다.

어머님의 며느리라는 호칭을 얻게 된 지 벌써 20년 가까이 되어간다. 어머님이 보내주신 김치와 밑반찬을 받고 전화를 건 김에 찡찡대면 뭐가 되었든 며느리 건강이 먼저라고 말씀해주신다. 어머님은 현업에서 은퇴하신 지 꽤 되었는데도 마치 목욕탕 간판 불을 켠 듯한 미소로 환하시다. 여전히 인심 좋은 목욕탕 사장님의 기운을 지니고 있으시다. 이다음에 어머님이 혼자 목욕을 가지 못하게 되신다면, 그때 동행해 꼭 때를 밀어드려야지. 그렇게 어머님과 나의 '기브 앤 테이크'를 끝까지 유지할 거다.

목욕 동행

"엄마, 나 목욕탕 가고 싶어요."

"으응?"

"난 어린이니까 혼자 못 가잖아. 그러니까 엄마랑 같이 가야지."

"갑자기 웬 목욕을 가려고?"

"손이 허옇게 되었다고, 전에 엄마가 막 뭐라고 했잖아. 그러니까 때를 밀어야지."

목욕탕은 내게 휴식과 재충전의 공간이므로 어지간해서는 말 섞을 사람을 동반해 목욕탕에 가지 않는다. 숨 쉴 틈도 없이 이야기를 뽑아내는 초등 저학년생과 함께 목욕을 하러 간다니, 그 초등학생이 딸이어도 별로였다. 내키지 않았으나 후회해도 이미 늦었다. 손에 각질이 일어났다고 타박을 줬다는 증언이 나왔으니까.

딸은 집요했다. 멸치 볶듯 나를 달달 볶을 것이니 차라리 얼른 소원 한번 들어주는 게 나았다. 마침 남편이 애써 지은 저녁밥 메뉴를 두고 아이들 취향 저격에 실패했다고 품평을 한 탓에 그와 같은 공간에 있기 힘들어졌다. 딸을 데리고 목욕탕으로 대피하는 것도 나쁘지 않을 것 같았다.

2년 만이라고 했다. 외할머니와 목욕탕에 가서 전신을 한 꺼풀 벗긴 이후로 처음 가는 목욕이라며 딸은 엄청나게 들떠 있었다. 집에서 길 하나 건너면 갈 수 있는 24시간 목욕탕은 일요일 저녁이라는 애매한 시간 때문인지 퍽 한적했다. 딸에게 머리 감고 탕에 들어가라고 샴푸를 건네니 "엄마, 수영장에서 샤워하고 들어갈 때도 머리에는 물만 묻히는데?" 하는 황당한 대답이 돌아왔다. 딸아, 문화인이 되어야지.

딸을 씻기던 시절은 벌써 기억 저편으로 사라졌다. 내 도움을 받지 않고 혼자 샤워하게 된 날부터 딸의 벗은 몸을 볼 일이 없었다. 목욕탕에서 딸의 벗은 몸을 바라보니 조금 낯설기까지 했다. 아직 이차성징 전이라 몸에 굴곡은 없었다. 계속 자라날 몸이라 그런지 온몸에서 기운이 톡톡 터지는 것 같았다. 집에서는 그 생명력이 부담스러울 때가 있는데, 목욕탕에서는 예쁘게 보였다. 딸과 탕에 마주 앉으니 그동안 주고받던 말과는 다른 말이 오갔다.

"요즘 아빠랑 이야기할 때 계속 티격태격해서 짜증 제대로다. 엄마는 어떻게 해야 하니?"

"나랑 오빠 사이 같은가 보지? 아빠는 말하는 거 싫어해?"

"응."

"그럼 엄마가 말을 조금만 해. 그런데 완전히 안 하면 자기 무시한다고 생각할 테니까 조금만 해."

딸의 몸이 자라면서 지혜도 늘었다는 걸 목욕탕에서 알게 되었다. 잘 자라고 있구나. 감탄은 그만하면 되었고 이제 본격적으로 때를 밀 차례였다. 딸 손등을 밀고 나니 잠시 고민이 되었다. 손등만 밀면 될까? 아니면 목욕탕에 온 김에 온몸을 밀어줘야 하나? 나와 동생들을 목욕탕에 데려와 한 명씩 차례로 밀어준 엄마 생각이 났다. 그렇게 우리 셋을 다 밀어주고 나서 엄마 몸도 밀었을 텐데, 엄마 딸인 나에게는 왜 그런 기운이 없는 것일까.

자괴감에 빠져들기 직전에 딸이 나를 건져 올렸다. 딸은 내 손의 반도 안 되는 손에 때수건을 끼고 내 등을 밀기 시작했다. 감격에 찬 외침이 터져 나왔다. "엄마, 때 나온다!" 목욕관리사 체험이 꽤 맘에 들었는지 딸은 목욕 마치고 머리를 말리면서 내게 진지하게 물었다. 때 밀어주는 분들은 얼마를 버느냐고. 목욕탕에서 딸의 경제관념까지 확인했으니 더 바랄 게 없었다.

흰 우유는 빨대에 꽂아 마시면 더 고소한 것 같다는, 평소에는 이 맛이 안 느껴진다는 딸과의 목욕 동행은 혼자 목욕을 왔을 때의 면벽수도적 효과는 없었지만 즐겁고 유쾌했다. 목욕 마치고 휴게실 평상에 앉아 딸과 흰 우유를 마시는 순간의 행복을 맛보게 해준 딸에게 감사했다. 그래도 다음엔 엄마 혼자 가련다. 참, 덜 밀어서 허옇게 된 손에는 핸드크림을 떡지게 발라라.

목욕관리사님이 때를 밀어주실 때 관계적 질문이 오가는 경우가 종종 있다. 여성 대 여성의 대화 상황에서 흔히 볼 수 있는 광경이다. 내 단골 목욕탕의 목욕관리사님들은 대부분 나보다 최소 열 살 이상의 연배다. 애가 있느냐는 질문을 자연스럽게 하신다. "네, 딸이 있어요" 대답하는 순간부터 나는 편안해진다. 이제 나는 여사님의 딸 자랑을 들으면서 잠자코 누워 있으면 된다. 딸 자랑에 사위 자랑까지 곁들이며 여사님은 경쾌하게 때를 밀어주신다. 딸은 엄마의 자랑이자 힘이다.

딸은 엄마의 아픔이고 눈물이기도 하다. 목욕탕 휴게실에서 어느 방송인의 결혼 뉴스를 보던 목욕관리사님이 쯧쯧, 혀를 찼다. "저런 흉악한 놈과 결혼을 하네. 지금은 눈이 뒤집혀서 모르지. 엄마가 얼마나 맘이 아플까로." '딸 바보' 하면 아빠들이 자동으로 따라붙은 지 꽤 되었는데도 안타까운 일 앞에서 왜 아빠 마음은 간 데 없고 엄마 마음만 남은 걸까? 여사님은 딸을 둔 엄마일 것이다. 텔레비전 화면에 비친 남의 딸, 그 딸의 엄마 마음에 여사님의 마음이 닿은 거겠지.

여탕이라고 딸 얘기만 오가는 건 아니다. "31년 전에 아들을 낳았는데 낳자마자 두 달 유리관에 넣었어. 그때 내 월급이 15만 원이었거든. 근데 하루에 5만 원씩 병원비를 내야 하는 거야. 그래서 전세를 사글세로 돌렸지." 목욕탕 안에서는 이런 이야기를 어렵지 않게 들을 수 있다.

형편에 따라 차이는 있지만 자식을 키우는 데는 힘이 든다. 자식에게 좋은 것을 주고 싶어도 여력이 안 될 때가 있다. 종종걸음으로 퇴근해서 겨우 세 아이 저녁 밥상을 차리면 기운이 딱 떨어진다. 나는 이미 '블랙아웃', 말 그대로 정전 상태가 되었기 때문이다. 일상의 무게에 눌려 다른 사람의 말을 들어줄 여력이 없다. 그 다른 사람이 내 속으로 낳은 자식들이어도 그렇다. '저녁이 있는 삶'이지만 대화는 없는 식탁이다.

그런 식탁에 앉아 밥을 먹고 나면 마음 한구석이 무겁다. 그 무거움을 좀 덜어내고 싶어서 간만에 딸과 목욕탕으로 향했다. 2년 만에 목욕탕에 왔다고 들떠 있던 딸과의 목욕 이후 시간은 다시 속절없이 흘러 딸은 벌써 초등 고학년생이다. 그 옛날 광고 CM송처럼 '자기의 일은 스스로' 하는 '알아서 척척척 스스로 어린이'가 되었는데, 말 그대로 '알아서' 한다. 어쩌다 한 번 머리를 감다 보니 딸의 머리카락은 구운 김에 참기름을 바른 듯 반질반질하다. 도대체 언제 샤워를 했느냐고 물으면 반달 눈으로 천장을 응시하며 기억을 더듬는다. 방문을 열면 쓰레기와 잡동사니, 벗은 옷과 입을 옷이 뒤섞여 있는데 뭐라고 해도 그때뿐이다.

눈에 들어오는 지저분한 장면들은 잔소리를 부른다. 잔소리는 말대꾸를 부르고, 감정싸움으로 번지고 나서야 끝이 나기도 한다. 딸의 장점은 단점 몇 가지와 비교할 수 없을 정도로 많은데 그 장점을 칭찬하는 말은 잘 꺼내지지 않는다. 학교에서 가르치는 남의 딸과 아들에게는 사소한 것도 칭찬해주는 선생이면서 집에 오면 인색한 엄마가 된다.

학교와 집에서 각종 소음으로 지친 엄마, 그 엄마가 스트레스가 극에 달하면 조용히 목욕을 하러 간다는 것, 하나뿐인 딸이 같이 가자고 청해도 뒤돌아보지 않고 현관문을 닫는다는 것을 딸은 알고 있다. 딸의 많은 장점 중에서 최고의 장점은 다른 사람의 마음을 헤아릴 줄 안다는 점이다. 그걸 알면서도 목욕탕 앞에서 나는 한 번 더 다짐을 받았다. 엄마는 말의 홍수를 피해 목욕탕에 왔다, 그러니 너는 몸의 때를 벗기고 나는 영혼의 때를 벗기는 각자의 임무에 충실하자. 딸은 흔쾌히 합의해주었다. 참 성격도 좋다. 나 같으면 이렇게 쌩한 엄마와 목욕탕 안 간다.

뜨끈한 탕에 들어가 있으니 발가락부터 찌릿해지면서 영혼이 급속 충전되는 느낌이 들었다. 몸도 마음도 노글노글해지니 평소에 딸에게 내가 했던 말들은 대화라 할 수 없는 '이래라저래라' 부류의 지시였다는 반성이 슬슬 올라오기 시작했다. 딸은 내 마음의 변화를 아는지 모르는지 목욕 삼매경에 빠져 있다. 딸에게 슬쩍 말을 걸었다. 요즘 초등학생도 연애 많이 한다는데 너희 반에도 연애하는 애들 있느냐는 질문으로 시작을 했는데 국수 때 밀리듯 이야기가 줄줄 이어졌다. 그렇게 친구와 수다 떨듯 한참 이야기를 나눴다.

"엄마, 우리 반에 얼굴도 예쁘고 공부도 잘하는 애가 있거든? 그런 애들은 보통 재수 없는 캐릭터잖아. 근데 걔는 안 그래. 마음이 바다같이 넓다고 할까? 다들 상대 안 해주는 애들, 막 대하는 애들한테도 친절하게 대하거든. 진짜 훌륭해."

"너도 (엄마 눈에는) 예쁘고 (수학 빼고는) 공

부도 잘하고 친절하잖아?"

"아니, 난 그렇게까지 친절하진 않지."

자기반성을 할 줄 아는 딸에게 무얼 더 바랄까. 나는 평소에 잡을 일이 별로 없던 딸의 손을 살짝 잡았다.

"그런데 너 손등 밀었니?"

반짝이던 딸의 눈동자가 순간 흐릿해졌다. 따뜻한 순간은 여기까지고 이제 집에 갈 시간이로구나.

"당장 때수건으로 밀어!"

아기 목욕

제왕절개로 첫아이를 출산하고 병원에 닷새 동안 입원했다. 아기와 함께 친정으로 돌아왔지만 몸을 추스르는 데 시간이 꽤 걸렸다. 아기에게 젖을 먹이고 기저귀를 갈아주기 버거워 아기 목욕은 엄두도 나지 않았다. 내 엄마는 씻고 씻기는 일에 탁월한 능력을 발휘하기로 유명한 분이라 엄마에게 아기 목욕을 믿고 맡겼다.

친정은 오래된 아파트라 화장실에 라디에이터가 있었다. 화장실이 춥지 않으니 굳이 아기 욕조에 물을 받아 방으로 들락날락하며 목욕을 시킬 필요가 없었다. 두 개의 대야에 물을 받아놓고 따뜻한 화장실 안에서 아기를 씻겼다.

먼저 미세하게 짜인 가제 수건으로 아기 얼굴을 닦고 머리를 감겼다. 아기는 목을 가누지 못하므로 안정적인 자세를 유지해야 했다. 엄마는 왼손에 아기 겨드랑이를 걸쳐놓고 아기의 등, 엉덩이, 발을 빠르게 씻긴 뒤 아기를 돌려 역시 왼손으로 아기 목을 받치고 가슴과 배를 씻겼다. '살이 겹치는 부분(목, 겨드랑이, 사타구니)'만 잘 씻기면 된다고, 그걸 꼭 기억하라고 했는데, 나중에 혼자 아기를 목욕시키고 나서야 그 말이 무슨 뜻인지 알게 되었다. 아기가 통통해지니 목 부분의 살이 접혔다. 내 딴에는 씻긴다고 씻겼건만 내 손은 그 보드라운 살들이 접힌 안쪽까지 닿지 못했다. 아기 목에 벌건 줄이 생긴 것을 뒤늦게 발견하고 당황했던 십여 년 전의 기억이 지금도 생생하다.

아기가 백일이 지나 목을 가누고 6개월이 지나 앉게 되자 목욕은 훨씬 수월해졌다. 아기는 걷기 시작하며 아이가 되었다. 욕조에 물을 받으면 아이는 옷을 훌훌 벗고 탕 안에 들어가 나올 줄을 몰랐다. 손가락이 오이지처럼 쪼글쪼글해질 때까지 양치 컵에 물을 받아 물을 뿌리는 동작을 반복했다. 인제 그만 나가자고 욕조의 마개를 뽑으면 아이는 물이 거의 다 빠져나갈 즈음 생기는 작은 소용돌이를 끝까지 바라보곤 했다. 매년 벽지에는 아이의 키를 표시한 짧은 가로선이 그어졌다. 스스로 샤워기를 틀어 물 온도를 맞추고 샴푸 캡 없이 머리를 감게 된 일곱 살의 어느 날, 내 육아 노동의 한 항목이 지워졌다. 세 아이가 차례로 그 과정을 거쳤다. 식구 중 누군가 깁스라도 하게 되면 모를까, 이제 당분간 내 몸만 씻으면 된다고 들떠 있었다.

3년 전, 길에서 태어난 남의 자식을 들였다. 별에서 온 그대처럼 나타난 고양이 '별이'는 지인의 구조를 받아 중성화수술을 마치고 내 집으로 왔다. 고양이는 알아서 제 몸을 단장하는 동물이었다. 그 정성이 대단했다. 온몸을 어찌나 부지런히 핥아대는지, 십대 소녀들이 수시로 거울 꺼내 보는 것은 견줄 바가 못 되었다.
별이는 일명 코리안 숏헤어, 단모종이라 자주 목욕시킬 필요는 없어 보였다. 그래도 두어 달에 한 번은 목욕을 시켜야 할 것 같아 고양이 목욕 동영상을 검색했다. 고양이 보호자가 주방 싱크대에 물을 받아 장모종 고양이를 목욕시키는 영상을 보았다. 예상 밖으로 고양이는 꽤 얌전했다. 중간에 몇 번 싱크대를 탈출하려는 기미가 보였으나 대체로 목욕에 협조적이었다. 고양이의 큰 눈에 체념의 빛이 어린 것으로 보아 여러 번 목욕하며 주어진 상황을 운명으로 받아들이고 있음을 짐작할 수 있었다.
난생처음 목욕을 하는 별이가 동영상의 고양이처럼 점잖게 목욕할 수는 없을 것 같았다. 싱크대에서 어설프게 씻기다가는 주방이 물바다가 될 게 뻔하므로 화장실에서 목욕을 시키기로 했다. 할퀼 것을 대비해 긴소매에 두꺼운 바지를 입었다. 욕조에 막내가 쓰던

발 받침을 넣었다. 고양이를 안고 욕조에 들어가 발 받침에 앉았다.

샤워기를 틀자 고양이는 격렬하게 저항했다. 귀에 물이 들어갈까 싶어 집어넣은 솜뭉치는 목욕을 시작한 지 1초 만에 튕겨 나왔다. 길고 처량한 울음소리는 멈출 줄을 몰랐다. "별아, 이모가 자식 셋을 씻긴 사람이거든? 좀 가만히 있어 봐라. 얼른 끝낼게."

십여 년 전, 목도 가누지 못하면서 나름 살겠다고 목욕 대야 모서리를 꼭 잡던 아기의 손, 그 긴장 어린 손을 살살 풀어 씻기듯 고양이의 발을 씻겼다. 겨우 목욕을 마치고 큰 수건으로 고양이를 감쌌다. 털을 말리니 보드라운 발에서 아기 냄새가 났다.

중국 목욕탕과 M 언니

남편이 주재원 발령을 받아 온 가족이 중국에서 3년을 살았다. 중국이 큰 나라인 줄 모르지 않았다. 어린 시절 지구본을 선물로 받았을 때부터 알고 있었다. 하지만 막상 가보니 '크다'는 형용사로는 그 규모를 설명하기 어려웠다. 중국은 '커어다란' 나라였다. 내 나라에서는 볼 수 없던 장면을 보고 또 보았다. 차를 타고 한 시간 넘게 달렸지만 산은커녕 언덕도 없는 들판이 이어졌고 덕수궁 산책하는 마음으로 들어간 자금성에서는 한 시간을 직진해도 출구가 나오지 않아 당황했다. 색다른 맛과 멋을 발견할 때마다 감탄하다가도 끝없는 매력의 향연에는 무섭다는 기분마저 들었다.

남편을 따라 중국에 온 나와 같은 처지의 주재원 배우자들은 한국에서 어떤 삶을 살았든 '사모님'으로 불렸다. 사모님들은 어학원에 다니면서 생활에 필요한 기본적인 중국어를 익히는 것으로 중국에서 살아갈 준비를 했다. 나는 6개월 된 아기와 함께 중국에 첫발을 디뎠기에 아기를 봐줄 분을 구하기 전까지는 어학원에 다닐 수가 없었다. 중국말이라고는 '니하오(안녕하세요)', '시에시에(감사합니다)', '짜이지엔(잘 가요)' 세 마디밖에 모르는 상태로 비행기에서 내렸다. 하지만 남편이 구해놓은 아파트 단지에는 한국인 주재원들이 많이 살았고 한국 슈퍼, 한국 식당도 있어서 장 보고 밥해 먹는 데 별 어려움이 없었다. 하지만 몇 달이 지나도록 '이거 주세요, 저거 주세요'만 반복하니 언어가 늘려야 늘 수가 없었다. 말을 못 하니 현지인과 관계를 맺는 건 불가능했다.

낯선 곳에서는 먼저 말 걸어주는 이의 환대가 귀하다. 환대는 필수가 아닌 선택이기에 남들이 나를 환대해주지 않는다고 불평할 수 없다. 사모님들은 배우자의 회사 모임이나 자녀의 학교 학부모 네트워크에서 환대를 받는다. 타국 생활에 적응해야 하는 이들은 그런 모임에서 소중하고 유용한 도움을 제공받는다. 단, 만남이 잦으면 피곤해지기도 한다. 커피 한 잔 마시고 일어나겠지, 예상한 자리가 점심 식사, 쇼핑, 그리고 다시 커피 타임으로 이어질 때도 있었다. 필요 이상으로 서로를 알게 되어 무의식중에 나와 이웃의 아이들을 비교하게 되기도 했다. 예상치 못한 피로가 쌓여가던 차에 정화의 문이 열렸다.

딸이 스쿨버스를 타고 유치원에 가게 된 첫날, 같은 유치원에 다니는 엄마들과 인사를 나눴다. 그들과 아파트 옆 길가에 서서 이야기를 나누고 있는데 건너편에서 한 여자분이 우리 쪽으로 걸어왔다. 나를 제외한 다른 엄마들과는 구면인 듯했다. 그분이 내게 유치원 가방이 필요하냐고 물었다. 저렴한 물건들의 천국인 중국에서 딸의 유치원 가방도 함부로 버리지 않고 새 주인을 찾아주는 사람이었다. M 언니와 나는 그렇게 만났다.

M 언니는 내게 중국어로 아메리카노와 라테를 주문하는 법을 알려주면서 커피를 사주었다. 그때는 언니가 환대가 몸에 밴 사람이라는 걸 잘 몰랐다. 1년쯤 지났을까, 갓 중국에 온 사람에게 쓱 다가가지 못하는 나를 보았다. 남편끼리 같은 회사도 아니고 아이 학교도 다른데 내가 굳이 먼저 손 내밀 필요는 없지. 어떤 사람인지도 모르는데 나한테 너무 매달리면 피곤해지잖아. 생각이 많으니 자연스럽게 몸이 뒤로 빠졌다. 그때 알았다. 아침부터 햇살이 내리쬐이던 여름날 내게 성큼성큼 다가왔던 M 언니는 꽤 좋은 사람이라는 것을.

아파트 단지에서 걸어서 15분 정도 떨어진 곳에 작은 한국식 호텔이 있었다. M 언니를 따라 그 호텔 사우나에 간 날, 중국에서 목욕탕에 갈 수 있다는 사실에 기쁨이 방울져 퐁퐁 솟아올랐다. 탁한 공기를 들이마셔 무거워진 몸과 마음이 목욕으로 가벼워진다고 생각하니 입가에 저절로 미소가 번졌다. 입욕권을 끊고 열쇠를 받아 들어가려는데 언니가 한마디 했다. "너무 놀라지 마." 무엇에 놀라지 말라는 것일까? 호기심으로 커진 눈이 놀랄 것을 발견하기도 전에 코가 먼저 반응했다.

담배였다. 대기실은 그렇다 치고 탈의실에서도 담배를 피우는 이들이 있을 줄이야. 숨이 탁 막혔다. 서둘러 옷장에 옷을 던져 넣었다. 탈의실을 빠져나와 허겁지겁 유리문을 열었다. 유리문 안쪽 공간은 샤워실이었다. 탕은 샤워실 안쪽에 있었다. 샤워를 하고 탕에 들어가니 탕 턱에 놓인 재떨이가 눈에 띄었다. 목욕탕 안에서도 담배를 피울 수 있다니! 목욕과 담배를 모두 사랑하는 이들에게는 중국의 목욕탕이 천국일 것이다. 아쉽게도 나에게는 해당되지 않으니 목욕하는 동안에는 담배 피우는 이가 들어오지 않기를 바랄 수밖에 없었다.

그래도 몸을 담글 수 있는 목욕탕이 있다는 게 어디냐, 이 정도도 훌륭하다며 감복하고 있는데 M 언니가 때를 밀겠느냐고 물었다. 중국에서 한국식으로 때를 밀어준다니! 아직 목욕탕에도 적응이 안 되어 어떻게 할지 몰라 미적거리는 나에게 M언니는 넌지시 말했다. "전신 때 밀고 얼굴 오이 마사지 받으면

40원이야.” 당시 환율로 환산하면 한국 돈으로 7천 원 정도였다. 중국이 뭐든 ‘크게’ 싸긴 하지만 이건 싸도 너무 싼 게 아닌가. 그야말로 아름다운 가성비였다. 때를 밀면서 그동안 알게 모르게 쌓였던 긴장이 싹 풀렸다. 그날 한 시간의 목욕은 향긋한 오이 향으로 마무리되었다. “나를 위한 시간은 꼭 필요한 거야.” 옷을 입으면서 언니가 했던 말을 나는 꼭 붙잡았다. 그 말을 놓치지 않아서 힘든 일을 겪을 때마다 목욕탕에 갈 수 있었다.

아이 학교의 한국 엄마들 몇 명과 날짜를 맞추어 단체로 목욕을 간 적이 있었다. 우리의 목적지는 도시의 다른 구역에 위치한 한국식 찜질방이었다. 타국에서 목욕을 좋아하는 사람들이 함께 모이기가 쉽지 않으니 흔치 않은 기회였다. 택시로 십여 분을 이동해 또 다른 번화가에 도착했다. 내가 사는 아파트 단지 주변만큼 한국인 식당과 가게가 많았다. 찜질방은 여기가 중국이 맞나 싶을 정도로 완전히 한국식이었고 규모도 꽤 컸다. 일행과 찜질복을 입고 찜질방에 둘러앉아 이야기를 나누니 잠시 한국으로 공간 이동을 한 듯한 기분이 들었다. 나는 원래 찜질파가 아니고 목욕파인데도 그날은 꽤 유쾌한 기분으로 찜질을 했다. 찜질복을 벗고 목욕탕에 들어갔다. 동네 근처 호텔 사우나와 달리 한 공간에 샤워기, 욕탕, 때 미는 침대가 모두 함께 있었다. 정말 한국식이구나 싶었다.

온탕 안에는 중국 여성 대여섯 명이 몸을 담그고 이야기를 나누고 있었다. 탕 안에 자리가 충분한데도 어찌 된 일인지 사람들은 탕에 들어가려고 하지 않았다. 일행들도 샤워만 할 뿐이었다. 이 분위기는 뭘까? 나도 눈치 보며 자란 한국인이니 어정쩡하게 서서 최대한 천천히 샤워를 하고 머리를 감았다. 중국 여성들이 탕에서 나오자 누군가 기다렸다는 듯 탕 안의 물을 바가지로 퍼내고 물을 새로 받았다. 중국 여성들이 몸을 씻지 않고 탕에 들어갔던 것일까? 아니면 중국 사람들은 더럽다는 생각, 그 생각이 만들어낸 상황일까? 앞 상황을 내 눈으로 보지 않았으니 함부로 속단할 수는 없었다. 어쨌거나 일그러진 얼굴로 탕의 물을 퍼내고 새로 물을 받은 한국인과 내가 같은 나라 사람이라는 것만으로도 부끄럽고 민망했다. 출신 국가에 따라 더 더럽고 덜 더러운 몸은 없다. 씻으면 다 깨끗해진다. 심지어 그곳은 목욕탕이 아닌가. 목욕탕을 나서며 개운하지 않았던 건 그날이 처음이었다.

자주 다니던 호텔이 개보수로 문을 닫게 되어 한동안 목욕탕에 가지 못했다. 그렇다고 혼자 택시를 타고 한국식 찜질방을 오가자니 돈이 아까웠다. 중국 목욕탕의 최고 장점은 높은 가성비니까. 그런데 때마침 나 이상으로 목욕을 좋아하는 M 언니가 신항로를 개척했다. 언니를 따라 한국 사람은 거의 출입하지 않는 중국 목욕탕에 발걸음을 했다. 한국식 목욕탕이 아닌 현지식 목욕탕이라니, 새로운 경험을 앞두고 기대감이 배가되었다. 탈의실을 지나 목욕탕에 들어갔는데, 뒤통수를 한 대 맞은 기분이었다. 목욕탕에 탕이 없었다. '깨끗한' 중국 사람들의 성정상 여러 사람이 들어가 몸을 담그는 탕은 불결하다고 여겨서 아예 탕이 없을지도 모른다는 언니의 설명이 말 그대로 신비로웠다.

샤워기 밑에서 폭포수처럼 쏟아지는 온수를 십여 분 동안 맞으며 몸을 불리는 낯선 체험을 한 뒤 때를 밀었다. 세신 침대에 일회용 비닐을 깔아주니, 한국에서도 누리지 못한 깨끗함은 충분히 누렸다. 중국 목욕탕에서는 운 좋으면 '이태리타월'이 아닌 진짜 타월로 때를 밀어주는 신공을 경험할 수도 있다던데 아쉽게도 그 체험은 하지 못했다.

용돈을 아껴 때 미는 비용 2만 원을 들고 단골 목욕탕에 가는 날은 중국의 목욕탕이 그립다. 더 그리운 건 M 언니다. 분명히 어딘가에서 목욕을 즐기고 있겠지. 함께 세신 침대에 나란히 누워 때를 밀 날을 기다리며 나도 언니에게 받은 환대를 조금씩 풀어내야겠다.

"통?"

사람 말소리가 끊어진 목욕탕에 앉아 있을 때가 있다. 내 경험상 평일 저녁 8시 이후의 목욕탕이 주로 그렇다. 혼자 목욕하러 온 분들은 말없이 몸을 씻고 때를 민다. 그런 분들이 만든 묵직한 침묵, 그 침묵이 주는 안정감을 누리고 있으면 남의 입에서 나와 내 귀로 들어온 독한 말들이 몸 밖으로 천천히 빠져나간다. 탕에 앉아 묵은 각질을 불리며 마음에 낀 말의 때도 함께 녹이곤 한다. 마음을 후벼 파는 말을 더는 곱씹지 않고 땀과 함께 내보낸다.

완벽한 인간은 없다. 인생 극장의 배우들은 너나 할 것 없이 어딘가 모자란 구석이 있다. 그 무대 위에서 실언, 실수, 아차차 싶은 장면이 만들어진다. 내용은 나쁘지 않은데 표현된 형식이 부적절한 말부터 가래침처럼 퉤 뱉은 말까지 좋지 않은 말을 많이 들으면 마음에 때가 낀다. 중국 고사에 허유가 부귀영화를 마다하며 귀를 씻었다는 이야기가 있지만 정도 이상의 독한 말은 귀를 씻는다고 빠져나가지 않는다. 오히려 찬찬히 곱씹게 되고, 그럴수록 기가 막히는 경우가 더 많다.

나 또한 타인들의 귓가에 그런 말들을 흘렸을 것이다. 몇 번은 실수였을 것이고 또 몇 번은 무지로 인한 실례였을 수도 있다. 그런데 내 어리석은 말은 남의 말만큼 마음에 오래 담아두지 않는다. 인간은 본래 남에겐 냉정하고 나에겐 관대하기 때문이다. 바쁘고 정신없이 살다 보면 자기반성은커녕 무념무상에 가까워지기 쉽다. 일상에서 한 걸음 물러나지 않으면 나의 흉허물은 보이지 않는다. 마음 같아서는 하루에 5분이라도 나를 돌아보는 시간을 갖고 싶지만 시간에 쫓기면 조금씩 뒤로 밀리게 된다. 더 이상 밀려날 곳이 없을 때, 피정(避靜) 또는 리트릿(retreat)을 가는 마음으로 목욕 도구를 챙긴다. 자기반성이 과해 자학이 되지 않도록 주의하면서 평소보다 천천히 목욕탕 안에 머문다. 마음의 부드러운 결을 되찾을 때까지 나를 씻긴다.

내 딴에는 실수를 줄이려고 애썼을 것이다. 책을 읽고 조언을 들으며 부족한 상식을 쌓으려고 노력하기도 했으리라. 하지만 말로 먹고사는 처지, 뭐라도 아는 척해야 하는 선생으로 일하다 보니 누군가의 마음 언저리에는 내 말이 가시가 되어 박혀 있을지 모른다. "가시 좀 빼주세요" 하고 말을 해주면 좋을 텐데. 그런 말을 듣는다면 나는 뒤늦게라도 진심으로 미안하다고 말할 준비가 되어 있다. 내 어설픈 농담과 과장된 표현, '정치적 올바름'이 부족했던 단어가 너를 아프게 할 줄 몰랐다고 사과할 것이다. 그러나 나와 눈높이가 같지 않은 학생들은 내게 그런 말을 하기 어렵다. 관심법으로 사람의 마음을 꿰뚫어 볼 수 있다고 호언장담했던 궁예에게 가서 노하우를 전수받아야 하나, 반성이 잡념으로 바뀌려는 찰나에 여탕 유리문이 여닫혔다. 찬바람에 정신이 번쩍 들었다.

남편에게 "넌 다른 사람과 이야기 나눌 때 맥락과 상관없이 한 문장만 뽑아내 네 뜻에 맞도록 곡해하더라. 물론, 내 말도 그렇게 확대 해석하고"라는 지적을 들은 날이었다. 나는 그 말에 코웃음을 쳤다. '다음 중 맥락에 맞지 않는 문장은? 같은 문제를 풀어주고 돈 벌어 오는 국어 선생을 뭐로 보는 거야?' 오히려 내가 그의 말에 토라졌다.

두 밤 자고 나서도 억하심정이 풀리지 않아 그가 논증의 예로 삼은 당사자에게 전화를 걸어보았다. 대화를 복기한 결과는 안타깝게도 충격적이었다. 나는 대화 중에 상대방을 도울 수 있다는 생각이 들거나 상대방이 내게 도움을 요청하고 있다는 판단이 서면 그의 말을 발화 의도대로 듣지 못했다. 상대방을 돕겠다는 마음이 앞서다 보니 말에 숨겨진 미세하고 완곡한 표현들은 잘 들리지 않았다. 게다가 나는 추진력이 상당한 편이라 무언가에 꽂히면 정주행을 한다.

내 딴에는 상대방을 위한답시고 에너지를 과도히 썼다가 상대방이 원치 않는 지점까지 앞서가 있는 경우가 종종 있었다. 생각을 '젊게' 한다는 말을 몇 번 들어서인지, 젊은 내가 보고 싶은 것만 보고 듣고 싶어 하는 것만 골라 들으며 자기 생각에 도취한 꼰대가 되기도 한다는 사실을 인정하기가 더 어려웠다.

탕에 들어가 몸을 불리고 목욕관리사님의 호출을 받아 세신 침대에 누웠다. 낯선 여사님과의 첫 만남으로 몸에 미묘한 긴장이 흘렀다. 여사님이 내 오른쪽 종아리에 노란색 때수건을 밀고 당긴 순간, 아팠다. 한번 밀고 지나간 곳은 살짝 비껴가면서 밀어야 하는데, 여사님은 같은 자리를 강도 있게 두 번 미셨다. 아픈 듯하지만 아프지 않고 시원해야 하는데, 아프기만 했다. 여사님이 아프냐고 물어주지 않으니 아쉬웠다.

중국에 살던 시절 마사지를 받을 때 손으로 발을 꾸욱 누르면서 "통(아픈가요)?" 하고 물어주던 마사지사가 그리웠다. 질문하지 않고 상대방의 상태를 어찌 알까. 함부로 예단하지 않으려면, 남의 말을 처음부터 끝까지 편집하거나 왜곡하지 않고 들으려면, 중간중간 질문을 해야 한다. "통?"이라고 물어야 상대와 '통할' 수 있다. 이국의 마사지사들은 중국어를 열 마디도 못 하는 나와 통했다. 비록 짧은 시간이었지만 나는 그이에게 내 발을, 내 묵직한 삶을 믿고 맡길 수 있었었다.

객관적인 사실은 엄연히 존재하지만 사람들은 각자 자신의 관점에서 바라본 사실을 말한다. 자신이 결부된 상황이라면 더더욱 객관적일 수 없다. 사건 전체를 조망하지 않고 특정 부분만 따로 떼어내면 다양한 사실이 새롭게 탄생한다.

내 집 막내도 형과 누나 틈에서 그렇게 처신하는 것을 보면 거의 본능에 가까운 행위다. 악한 의도는 없지만 종합적인 인식이 부족하니 세 아이의 목소리는 점점 높아진다. 결국 아이들은 엄마를 호출하고 엄마는 졸지에 법조인이 된다. 내가 지구에서 가장 정의로운 판사로 변신하여 진실을 밝혀낸다 해도, 이미 각자의 사실을 주장하면서 아이들의 마음은 상해 버린 뒤다. 그럴 때는 전분 묻혀 가볍게 튀긴 닭날개를 달콤매콤한 소스와 곁들여 한 접시 차려내야 배도 마음도 따뜻해지는 화해에 이른다.

집에서야 치킨의 힘으로 맛있고 훈훈하게 상황을 정리한다 치자. 그러나 다층적인 관계망 속에서 내 뜻은 앞세우지 않으면서 상대방의 이야기를 충분히 신중하게 듣고, 그러면서도 상대방에 대한 애정과 관심을 유지하기가 쉬울까? 목욕탕에서 홀랑 벗고 누워 목욕관리사님께 피부가 벌겋게 되는 고통을 당해서라도 불통의 때를 벗길 수 있다면 좋을 텐데.

말로 먹고살고 말하는 재미를 최고로 여기는 편이라 어지간해서는 묵언 수행을 하지 않는다. 남들에게 침묵은 금이지만 나에겐 죽음이기 때문이다.

말실수가 꽤 과했던 어느 날이었다. 반성하는 뜻에서 일주일 동안 죽음과 같은 침묵을 연습해보기로 했다. 수다 그만 떨겠다고 내키지 않는 다짐을 했더니 슬프고 멍했다. 이럴 때 갈 곳은 목욕탕뿐이었다. 물에 밥 말아 대충 몇 술 뜨고 목욕 도구를 챙겨 집을 나섰다. 며칠 전부터 왼쪽 발꿈치 뒤에 무엇이 박힌 것처럼 콕콕 쑤셨던지라 이래저래 핑계 대기가 좋았다.

토요일 아침 8시는 목욕탕이 헐렁한 시간이다. 새벽 손님은 적당히 빠지고, 아침 손님이 들이닥치기에는 이르다. 어제 못다 지운 자외선차단제를 지우려고 클렌징폼 샘플을 뜯었는데 향이 인공적이지 않고 눈도 따갑지 않았다. 내 실수도 이렇게 자연스럽게 지워지면 좋겠구나, 눈을 맵게 하지 않고 눈물도 찍

나지 않게 하고 최대한 살살 없어지면 좋을 텐데, 얼굴을 문지르며 마음도 달랬다.

몸을 씻고 온탕에 들어앉았다. 팔을 접어 탕 모서리에 걸치고, 길게 엎드렸다. 평소 경건한 마음으로 탕에 들어갈 때와는 사뭇 다르게, 수영장에 들어간 것처럼 몸을 띄워보았다. 다리도 휘휘 저었다. 가라앉은 마음을 그렇게라도 띄워보고 싶었다.

내친김에 사우나실에 들어갔다. 불지옥 사우나는 내가 선호하는 공간이 아니므로 어지간해선 들어가지 않는다. 하지만 그날은 평소 안 하던 것을 하는 반전의 날로 삼기로 했으니 심호흡을 하고 사우나실 문을 열었다. 앗, 뜨거워! 수건도 없이 달궈진 나무 의자에 앉으니 '한 마리에 구천 원 두 마리에 만오천 원' 하는 치킨 트럭 바비큐 봉에 꽂혀 돌아가는 느낌이었다. 그래도 밀폐된 공간에 아무도 없이, 심지어 아무것도 걸치지 않고 쭈그러져 있으니 꼭 기도실에 들어앉은 기분이 들었다. 제발 저를 좀 불쌍히 여겨주시기를 구하다가 1분쯤 지났나, 난데없이 목덜미가 뜨거워져 깜짝 놀랐다. 목에 은목걸이가 걸린 걸 잊어버렸다. 지옥이 뜨겁다는 무의식적 이미지를 확대 재생산 하는 곳은 사우나실임이 틀림없었다. 적어도 나 같은 초보 사우나인에게는.

평소처럼 온탕과 열탕을 오가는 것조차 내키지 않았다. 기운이 바닥일 때 열탕에 들어갔다가 남은 기운을 싹 빼앗길까 두려웠다. 게다가 마음이 지옥이라 뭐든 이상한 방향으로 연상이 되어 적당히 털고 나가려고 몸을 추슬렀다. 열탕에 못 들어간 아쉬움에 발이나 담글까 하고 탕 모서리에 엉거주춤 앉아 있었다.

"그러지 말고 이리 들어와 푹 담가보세요."

수건을 터번처럼 높이 감아올린 분이 내게 들어오라며 손짓을 했다.

전에 뵌 적이 없는 분이었다. 그런데 그분의 독특한 아우라가 낯설지 않았다. 아하, 백희나 작가의 그림책 『장수탕 선녀님』에 나오는 선녀님과 닮았구나! 그 책에서 '덕지'는 엄마를 따라 장수탕이라는 목욕탕에 갔다가 이상한 할머니를 만난다. 자신을 날개옷을 잃어버린 선녀라고 주장하는 그 할머니는 덕지에게 냉탕에서 노는 법을 가르쳐준다. 터번 여사님도 그 선녀님만큼 독특한 머리를 하고 나를 열탕으로 초대했다. '아이고, 묻지도 않았는데 말씀을 건네시네. 저도 알거든요. 근데 오늘은 마음이 안 내켜요. 그냥 저 좀 놔주세요' 하는 말들이 입 안에서 몽글몽글 맴돌았다.

“먹은 게 별로 없어서 무리 안 하려고요.” 말은 그렇게 했는데 이상한 기운에 휩싸인 듯 몸은 벌써 턱 밑까지 물속에 들어가 있었다. 몸 구석구석 마디마디에 시원한 기운이 퍼졌다. 따끈한 탕에 앉아 잠시 눈을 감았다. 이마에 땀방울이 살짝 맺히면서 몸은 녹고 정신은 살짝 몽롱한 상태가 되었다. 고민거리가 해결되지는 않았지만 무거웠던 머리가 조금 가벼워졌다. 그래, 내가 이러려고 목욕탕에 왔지. 열탕 입수를 권한 터번 여사님에게 감사의 인사라도 드리려는데, 그녀는 어느새 탕 밖으로 나가 양손에 때수건 장갑을 끼고 다른 여인에게 등을 밀어주겠다며 오지랖을 펼치는 중이었다. 확실히 보통 분이 아니었다.

당분간 말로 먹고살 처지니 같은 실수를 또 할 수도 있을 것이다. 오늘보다는 내일 조금 적게 말하고, 천천히 화내고, 현명하게 사랑하고, 용기 있게 사랑받을 거라는 희망을 품는다. 탕 안에서 몸의 힘을 쭉 빼듯 가볍게 나서보는 수밖에.

『서울의 목욕탕』

손에 꼭 넣고 싶었던 사진집이다. 서울에 있는 30년 이상 된 목욕탕 열 곳을 찾아가 이야기를 기록하고 사진을 찍어 만든 책이다. 6699press 편집부에서 기획했고 사진가 박현성이 카메라를 잡았다. 사진가가 남성이라 남탕 사진이 담겼다. 내 눈에 익숙한 여탕 풍경이 아니라서 더 흥미로웠다.

책에는 목욕탕 건물과 내부뿐 아니라 목욕 중인 손님들의 모습도 담겼다. 탕에 걸터앉은 분, 탕 안에 길게 누운 분, 체중계에 올라선 분이 등장한다. 하지만 그 분들의 벗은 몸을 보아도 낯뜨겁거나 민망한 기분이 들지 않는다. 가릴 부분을 살짝 비껴가며 촬영한 덕분이다. 여탕에는 없는 이발 의자나 서랍식 목욕 사물함을 들여다보는 재미가 있다. 목욕탕의 타일, 열쇠, 수도꼭지, 수건은 비슷한 것 같아도 자세히 보면 조금씩 다르다. 공간과 사람만큼 물도 꽤 비중 있는 피사체다. 고인 물, 흐르는 물, 쏟아지는 물, 방울진 물, 수증기를 포착했다.

짧은 인터뷰도 인상적이다. 한 손님이 목욕탕 이발

사의 솜씨를 칭찬하면서 "알몸이어서 그랬던지 솔직한 대화를 많이 했던 것 같네" 하신 말씀이 오래 기억에 남는다. 나이 지긋한 남성이 속 이야기를 털어놓을 수 있다니, 그 사실 한 가지만으로 목욕탕의 존재 이유는 충분하지 않은가. 아이를 데리고 목욕탕에 온 젊은 아빠가 알고 보니 국민학생 때부터 아빠 손잡고 매주 왔던 어린 친구였다고, 사람들은 변하는데 목욕탕은 같은 장소에 그대로 남아 있다는 게 누군가에게 소중한 기억일 수 있겠구나 싶었다는 어느 목욕탕 주인의 말씀처럼 목욕탕에서는 마음과 마음이 자연스럽게 연결된다.

책에 담긴 목욕탕 중 이미 문을 닫은 곳도 있다. 동네 사람들의 바람대로 목욕탕이 계속 영업을 할 수 있으면 좋으련만 오래되고 낡은 것의 운명은 대체로 정해져 있다. 목욕탕이 사라지면 그 목욕탕에 얽혔던 추억도 함께 흐릿해질 텐데, 『안녕, 둔촌주공아파트』처럼 책으로라도 남겨져서 다행이다.

목욕탕 원정

뜨겁고 짙푸른 목욕: 삼선동 삼영사우나

내 단골 목욕탕은 찜질방을 겸한 사우나지만, 나는 찜질과 사우나는 그리 좋아하지 않기에 주로 목욕하고 때를 밀러 들른다. 집에서 가깝고 세신 능력이 우수한 목욕관리사님들이 있다는 것이 단골 목욕탕의 최고 장점이다. 한 가지 아쉬운 것은 분위기다. 동네에 있으나 동네 목욕탕은 아닌 듯하다. 동네 목욕탕이라면 역시 '달 목욕 바구니'가 필수다. 친정 근처 동네 목욕탕은 탈의실 옷장 위에 달 목욕 손님의 목욕 바구니가 줄줄이 올려져 있다. 그 목욕탕에서 언덕을 하나 넘어가면 내리막길이 끝나는 지점에 드라마 〈응답하라 1994〉 촬영지로도 유명한 '원삼탕'이 있는데 그곳을 다녀간 이들이 남긴 블로그 사진에서도 색색의 플라스틱 목욕 바구니가 놓여 있는 것을 확인할 수 있다.

출강하는 학교에 갑작스럽게 행사가 잡혀 수업이 취소되었다. 예정에 없던 하루짜리 휴가에 무엇을 할까 잠시 고민하다가 목욕 바구니가 올려진 동네 목욕탕에 가보기로 마음먹었다. 포털사이트에서 목욕탕을 검색하다가 목욕 애호가의 블로그를 발견했다. 주인이 잘 관리하는 동네 목욕탕으로 삼선동 '삼영사우나'를 추천한다는 글을 읽었다. 집에서 그리 멀지 않은 것도 맘에 들었고 외관은 공사를 해서 마치 새 건물 같지만 내부는 예전 그대로라는 설명에 귀가 솔깃해졌다. 목욕용품을 챙겨 집을 나섰다.

목욕탕 앞에 도착해 목욕비를 계산하고 여탕 유리문을 밀었다. 집 앞 사우나는 요금을 계산할 때 열쇠를 주는데, 여기는 여탕에 들어가서 열쇠를 고르게 되어 있었다. 29번 신발장에 운동화를 넣고 잠근 뒤 열쇠를 뽑았다. 탈의실을 겸한 휴게실은 작았다. 가운데 평상이 하나 놓여 있고 마주 보는 벽에는 옷장이 빼곡했다. 옷장 위에 목욕 바구니가 어림잡아 80개 정도 놓여 있었다. 진정한 동네 목욕탕에 무사히 입장했다. 29번 옷장을 찾아 옷을 벗어 넣고 잠근 뒤 탕으로 들어갔다. 들어가기 전, 옷장에 안경을 넣을까 말까 머뭇거렸다. 휴식을 위한 목욕이라면 안경을 쓰고 들어갈 필요가 없지만, 취재를 겸한 목욕을 할 예정이므로 안경을 써야 할 것 같았다.

유리문을 밀고 탕에 들어간 순간, 훈김으로 안경이 뿌옇게 되어 잠시 앞이 보이지 않았다. 안경을 머리 위에 올리고 목욕탕 안을 둘러보았다. 전형적인 옛날 목욕탕이었다. 앉아서 씻는 좌식 샤워기가 열 대 정도로 친정 근처 목욕탕과 비슷한 규모였다. 손님은 십여 명 정도라 앉아 씻는 자리는 만석이었다.

대강 비누칠을 하고 샤워를 한 뒤 온탕에 들어가 안경을 내려 썼다. 안경을 쓰고 들어오길 잘했다는 생각이 들었다. 열탕과 냉탕이 연결된 타일 벽에 그림이 그려져 있었다. 블로그에 삼영사우나 탐방기를 올린 분은 남성이었다. 그 글에는 그림 이야기가 없었다. 여탕에만 그림이 있는 것일까? 나는 갤러리에 들어온 기분으로 그림을 찬찬히 살펴보았다.

푸른 타일 위에서 돌고래, 상어, 거북, 떼 지어 다니는 돌돔이 헤엄치고 있었다. 세월이 흐른 만큼 그림은 군데군데 색이 바랬고 전문가가 그렸다기엔 조금 부족한 듯 보였지만 실용적인 기능은 충분히 담당하고 있었다. 민화 같다고 할까. 삼영사우나는 입구부터 '지하 200미터 암반수에서 끌어 올린 냉탕'을 선전하고 있었지만, 나는 오히려 타일 벽화를 홍보하고 싶었다. 40도가 넘는 뜨거운 열탕에 앉아 짙푸른 바닷속을 감상하는 재미가 퍽 좋았다.

목욕을 마치고 근처 중식당 '씽푸'에서 굴짬뽕을 먹었다. '씽푸[幸福]'는 '행복'을 뜻한다. 행복이 별건가. 목욕비 7천 원, 굴짬뽕 6천 원. 도합 1만 3천 원이면 충분하다. 입식 샤워기 높이가 내 키에 맞지 않아 머리 감을 때 허리가 아팠던 것만 빼고는 충분히 행복했던 동네 목욕이었다.

서울 한복판의 유황 온천욕: 자양동 우리유황온천

발가락이 시린 계절이 돌아왔다. 이맘때면 내 발은 신발 속에서 차게 굳는다. 털 부츠를 신어도 별 수 없다. 카페에서 기말고사 답안지 채점을 하는 동안 발끝에서부터 냉기가 차오르는 것이 느껴졌다. 그래도 두 시간을 꾹 참고 일을 마쳤다. 성적 처리를 끝내고 나니 홀가분하게 목욕을 하러 가고 싶었다. 뜨거운 물에 몸을, 특히 발을 담그고픈 마음이 간절했다. 이왕이면 그 물이 온천수였으면 좋겠다는 생각이 들었다. 뜬금없는 온천 생각에 아직 얼지 않은 손가락을 부지런히 놀려 검색을 했다. 검색 결과, 집에서 대중교통으로 한 시간 정도 움직이면 온천에 몸을 담글 수 있다는 사실을 알게 되었다. 서울 시내 한복판에 솟아난 유황 온천에 들를 요량으로 미역국에 밥을 말아 먹고 목욕 도구를 챙겼다.

버스를 한 번 갈아타고 목욕탕에 도착했다. 신발장에 신발을, 옷장에 옷과 가방을 넣고 유리문을 열었다. '이 문을 열면 유황 냄새를 맡겠구나' 하는 기대감이 밀려왔다. 동시에 감춰졌던 질문이 솟아났다. 유황 냄새가 어떤 냄새지? 나는 살면서 한 번도 유황 냄새를 맡아 본 적이 없었다. 경험해본 적 없는 실체와 대면하려니 약간 긴장이 되었다.

문손잡이를 당기며 코에 모든 기운을 집중시켰다. 뜨거운 공기가 훅 몰려왔지만 별다른 냄새는 감지되지 않았다. 그 대신, 다른 기이한 장면을 맞닥뜨렸다. 욕장 가운데에는 열탕, 이벤트탕, 온탕이 연결되어 있고 각각의 온도계는 43도, 35도, 39도를 나타내고 있었다. 그런데 욕객들이 가장 많이 들어가는 39도 온탕이 텅 비어 있었다. 온탕의 물을 빼는 중이었다. 따끈따끈한 온천물에 몸을 담글 생각으로 여기까지 왔는데 이게 무슨 일이람. 나는 몸을 씻고 35도 이벤트탕에 들어가 보았다. 미지근했다. 건너편 43도 열탕에 다리를 담갔다. 1분을 버티기 어려웠다. 온탕의 물이 채워지길 기다리며 평소에 들어가지 않는 바데풀, 습식 사우나 등을 전전했다.

온탕의 물이 거의 다 빠지자 목욕관리사님 한 분이 빗자루로 바닥을 청소하셨다. 목욕탕 주인으로 짐작되는 옷 걸친 여자분이 청소 상황을 점검했다. 온탕에는 새 물이 채워지기 시작했다. 물을 빼고 청소를 하고 다시 물을 받느라 분주한 여사님에게 내 엄마 또래의 손님 한 분이 말을 건넸다. "놀지 말라고 일거리를 주는가 보다." 여사님은 별다른 대꾸 없이 미소로 답하고 하던 일을 계속하셨다. 정황을 꿰고 있는 듯싶어 그분께 내 호기심의 답을 구하기로 했다.

"왜 온탕의 물을 빼고 새로 받는 건가요?" 어르신은 조용히 답하셨다. "어떤 할머니가 탕 안에서 똥을 눴지 뭐야."

내 코에는 지금까지 맡아본 적 없는 유황 냄새 대신 기억 속에 저장된 다른 냄새가 훅 끼치는 듯했다. 세 아이를 키우며 아이들의 기저귀를 갈아주다가, 기저귀를 뗀 뒤로는 화장실에 앉아 엄마를 부르는 아이들의 작은 손을 대신해주다가, 손에 묻은 그것의 냄새를 지우기 위해 몇 번씩 비누로 손을 씻었던 기억이 줄줄이 딸려 나왔다. "누가 모시고 왔어야지. 할머니가 멍하더라." 그분 말씀에 기억의 끝자락에 있는 외할머니를 추억했다.

엄마는 혈관성치매를 앓던 외할머니를 일주일에 한 번씩 씻겼다. 엄마는 뭐든 꼼꼼히 씻고 씻기는 데 도통했다. 전문가들이 대부분 그렇듯 엄마는 요령 있게 일하는 사람이라 거동이 불편한 외할머니를 씻길 때도 재주를 발휘했다. 욕조에 들어가 앉기 어려운 외할머니를 화장실 좌변기에 앉힌 뒤 샤워기로 몸을 씻기고, 머리를 감겼다. 아무리 자식이어도 함부로 손대기 어려운 신체의 일부는 외할머니가 직접 씻도록 했다. 그렇게 목욕을 마친 외할머니는 양 갈래로 땋은 머리를 살짝살짝 흔들며 보료에 앉아 찬송가를 부르셨다. 그 노랫소리는 맑고 개운했다.

온탕의 물이 3분의 1 정도 채워졌다. 나는 탕의 턱을 베개 삼아 길게 누웠다. 내게도 인생의 노년기는 어김없이 찾아올 것이다. 몸은 마음대로 움직일 수 없는데 정신은 제멋대로 움직이는 희비극이 연출될 수도 있을 것이다. 똥물에 몸을 담근 줄 몰랐다가 불쾌한 냄새를 맡고 비명을 지르며 탕 밖으로 뛰어나간 사람들, 남들이 몸을 담근 적 없는 새 물을 받았다고 좋아하며 탕에 들어온 사람들 모두 다가오는 늙음과 죽음을 피할 수 없을 것이다. 그것들을 의연하게 맞이할 자신은 없다. 그렇다고 불안과 공포에 떨고 싶지는 않다. 장차 내 딸에게 목욕탕에서 나를 부축하거나 내 몸을 씻길 부담을 주고 싶지는 않지만, 그것도 내 마음대로 되지는 않을 것이다. 그저 몸과 마음을 최대한 가볍게 만드는 연습을 해보려고 한다.

탕에 들어가기 전 몸을 씻는 곳에 '광천수 전용'이라는 푯말이 붙어 있었다. 온천 안의 물이라고 다 온천수가 아니었다. 목욕 마무리로 몸에 비누칠을 하고 '온천수 전용'이라고 적힌 좌식 샤워기의 버튼을 눌렀다. 샤워기에서 물이 쏟아지는 동시에 낯선 냄새가 코를 건드렸다. 그렇게 유황 냄새를 맡고 온천욕을 마쳤다.

명절 전야 목욕 : 부산 해운대온천센터

결혼 이후 명절과 시부모님 생신에 시댁을 방문했다. 아이들을 데리고 서울과 부산을 기차로 매년 네 번씩 왕복한 셈이다. 부실한 정신과 신체로 하루를 적당히 사는 나로서는 그 여정이 상당히 부담스러웠다. 아이들이 어렸을 때는 옷가지와 기본 여행 물품 말고도 아플 때까지 대비해 챙길 물건이 한두 개가 아니었다. 체온계, 두 종류의 해열제, 한방약, 만약의 사태를 위해 병원 다니며 남겨놓았던 항생제까지 넣었고 가끔 네뷸라이저를 들고 갈지 말지 고민하기도 했다. 겨울엔 옷 부피가 두 배가 되어 가방 지퍼가 벌어지기 직전까지 짐을 욱여넣었다.

새벽부터 벌어진 추석 기차표 전쟁에서 무사히 왕복 티켓을 거머쥔 것까지는 좋았는데 날짜가 영 맘에 들지 않았다. 재작년 겨울부터 부산행 일정은 2박을 넘기지 않기로 남편과 확약을 맺었다. 그런데 기차표 예약을 하다 보니 3박 4일 일정이 되었다. 아, 짧은 한숨이 나왔다. 과감한 발상의 전환이 필요했다. '네 이웃을 네 몸과 같이 사랑하라'를 적극 수용, 먼저 내 몸을 사랑한 다음에 한 무리의 이웃을 사랑하기로 마음먹었다. 부산에 도착하자마자 해운대로 가는 버스를 탔다.

아이들은 그저 파도가 밀려오고 밀려가는 것만 보아도 좋아했다. 오후의 흐린 바다, 파도 소리가 두 배로 크게 들리는 밤바다, 구름 한 점 없어 하늘과 하나로 이어진 아침 바다까지, 그저 바다면 충분했다. 거기에 웬 횡재인지 예약한 게스트하우스에서 10미터 떨어진 곳에 해운대온천센터가 자리하고 있었다.

아침 6시, 강렬한 햇살에 눈을 뜸과 동시에 옷을 주워 입고 3분 만에 목욕탕에 도착했다. 엘리베이터를 타고 4층에 올라가 입욕권을 발권하고 여탕으로 들어가니 으레 그렇듯 제지가 있었다. "손님, 여기 여탕이에요." 이럴 때 부산 사투리로 "아지매, 나도 아지매예요" 하고 까랑까랑하게 대거리하면 좋겠으나 서울말만 또박또박 할 줄 아는 처지라 상상은 목구멍으로 넘겼다. 어색하게 미소 띤 얼굴로 "저 여자예요" 하니 그때서야 나의 신체를 위아래로 훑어보며 입장을 허락했다.

해운대온천센터는 해운대의 오래된 목욕탕인 '할매탕'의 리뉴얼 버전이었다. 여탕 문을 열고 들어가면 정면 한가운데에 41도 온탕과 44도 열탕이 바둑판 네 개 붙여놓은 듯 연결되어 있었고 좌우로 앉아서 씻는 자리가 있었다.

냉탕은 좁고 긴 직사각형이었는데 상당히 길었다.

천장에 달린 대여섯 개의 폭포 안마기 노즐에서 쏟아지는 물은 레이저빔 수준이었다. 직접 맞아보기는 약간 무서웠다. 장난기가 발동해 냉탕 이 끝에서 저 끝까지 머리 내민 평영으로 물살을 갈랐다. 냉탕 양쪽 끝에는 수중 안마 좌석이 있었는데 좀처럼 빈자리가 나지 않았다. 자리를 독식하지 말라는 문구 앞에서 여인들은 계 모임 중이었다. 사람들은 꼭 하지 말라는 걸 하고 싶어 한다니까. 그런데 그 문구와 나란히 냉탕에서 수영하지 말라는 문구도 보였다. 이런, 내로남불이구나. 냉탕 옆의 '냉각탕'은 그 이름만으로 발을 넣어볼 생각을 얼려버렸다.

이 나이 될 때까지 산전수전 공중전에 파전 김치전 녹두전까지 전이란 전은 두루 섭렵했다고 자부했는데 냉각탕 맞은편의 낯선 이름, '적외선 조사대'에서는 고개를 갸웃거릴 수밖에 없었다. 다 벗고 들어왔는데 뭘 조사한다는 걸까. 나신의 여인들이 목침 베고 벌러덩 누워 선탠하듯 적외선을 한껏 쬐고 있었다. 안방보다 더 편안히 누워 계시다 열반에 드신 분들께 머리를 조아릴 따름이었다.

이렇게 큰 목욕탕에 세신 침대는 네 개뿐이었는데 침대 위로 금빛 봉이 달려 있었다. 목욕관리사님은 저 봉에 수건을 걸고 매달려 손님 등을 자근자근

밟아주시겠지. 발 안마는 인간의 신체 중에서 무척 긴요하지만 다른 부위에 밀려 칭송받지 못하는 발이 무대의 주연이 되는 예술이다. 세신 침대 앞 좌식 샤워 자리에서 등만 밀기 원하는 분들이 저렴하게 프로의 손길을 맛보고 있었다. 온몸의 때를 벗기는 데는 2만 5천 원이 들지만 등만 밀면 9천 원이다. 1만 원 아닌 9천 원이니 할인의 냄새가 났다. 오늘은 명절 전야로 목욕업계의 대목인데 세신 침대에서 때 미는 손님은 없었다. 어느 여인이 명절 전야에 때 미는 호사를 누릴까? 얼른 씻고 집에 가서 남새 무치고 지짐이 부치고 튀김 한 광주리 튀겨내야 하는 전투 직전 상황. 바뀔 때도 되었건만, 아직 갈 길이 멀다.

해운대온천센터는 그냥 목욕탕이 아니라 유구한 역사를 자랑하는 '할매탕'의 업그레이드 버전이라 고객 취향 저격에 힘쓴 부분이 돋보였다. 사우나도 온도별로 세 군데로 나뉘어 있었지만 나는 사우나보다 탕 목욕을 좋아하므로 온탕에서 적당히 몸을 데웠다. 온탕에 앉으니 명절 전야의 이야기들이 조금씩 들려왔다. 임박한 중노동과 그 노동에 함께 참여할 여인들의 사연이 귓가에 전해져왔다.

나도 임박한 전투를 치러야 하니 그만 씻고 나가려는데 입구에서 보지 못한 명패가 눈에 들어왔다.

'할매탕 원천'이라고 적힌 조그만 족탕이 있었다. 한 바가지 떠서 발에 부어보니 뜨거웠다. 아, 땅 속을 뚫고 올라온 온천수는 원래 이 정도로 뜨거운 건가? 이런 물에 온몸을 담갔다가는 명절이고 뭐고 앉은자리에서 스르르 녹아버릴 것 같았다. 어질어질하다가 정신이 번쩍 들었다. 나갈 시간이었다. 바닷바람에 머리를 말리며 서울 사람답게 서울우유를 마셨다. 이제 시부모님 댁으로 들어갈 차례다.

게스트하우스에서 내려다보이는 해운대 바다는 말갛고 개운했다. 창 너머로 파라다이스 호텔이 위용을 자랑하고 있었다. 천국을 방불케 한다는 저 호텔 사우나에서 영혼의 치유를 맛볼 날이 과연 올까? 우선 지짐이 및 튀김과의 전투에서 살아남아야 할 것이다. 목욕재계했으니 승전의 기운은 이미 충만하다.

목욕탕 버킷 리스트

내게는 목욕탕 버킷 리스트가 있다. 책을 읽거나 블로그를 검색하다가 독특한 목욕탕을 발견하면 언젠가 꼭 가보겠다고 마음먹었다. 목욕탕 버킷 리스트 맨 앞자리에는 다음 네 목욕탕이 올라 있다.

인제 필레Ge온천

온천 좋아하는 사람은 다 아는, 우리나라 최고의 게르마늄 온천이다. 동네 목욕탕보다 작은 규모의 온천인데 노천탕도 있다. 산속에서 새소리를 듣고 바람을 맞으며 네모난 편백 목욕탕 안에 앉아 있다고 상상만 해도 행복해진다. 웹페이지에는 노천탕에서 바라본 풍경 사진이 계절별로 올라와 있는데 모두 아름답다. 여기를 가려면 운전을 해야 하는데, 나는 장롱 면허는 아니지만 운전 강박이 있어서 어지간해서는 운전대를 잡지 않는다. 혼자 가려면 상당한 용기가 필요하다. 버킷 리스트에 오른 목욕탕 중에서 가장 가기 어려운 곳일지 모른다.

제주 한림공동탕

겉에서 보면 목욕탕인지 가정집인지 모를 외양을 하고 있다. "목욕합니다"라고 적힌 입간판이 없으면 그냥 지나칠 수도 있다. 주인이 깔끔하게 관리하기로 유명한 곳이다. 나는 새로 지은 큰 목욕탕보다는 작고 오래된 목욕탕을 좋아한다. 이 목욕탕은 작고 오래되고 '깨끗한' 목욕탕이라 버킷 리스트에 올릴 이유가 충분했다. 제주도 할망들과 함께 목욕하는 경험도 기대된다. 목욕을 마치면 '한라우유'를 마셔야겠지?

일본 마쓰야마 도고온센 본관 대욕장

유서 깊은 목욕탕이다. 미야자키 하야오 감독의 애니메이션 〈센과 치히로의 행방불명〉의 모델이 된 목욕탕이고, 나쓰메 소세키의 소설 「도련님」을 재미있게 읽은 사람에게도 특별하게 느껴지는 곳이다. 나는 두 작품 모두 좋아하니 갈 이유는 충분하다. 목욕 파우치를 챙겨 아침에 인천공항에서 출발하면 점심을 먹고 목욕한 뒤 저녁 비행기로 돌아올 수 있다.

일본 다카라가와온센 오센카쿠

'초대형' 노천 온천이다. 숙소 앞에는 뜨거운 온

천이 솟아나고 그 옆으로는 차가운 계곡물이 흐른다. 숙소에 도착해 목욕하고, 저녁 식사를 한 뒤 밤에 별을 보며 또 목욕하고, 계곡물 흘러가는 소리를 들으면서 잠자리에 들었다가 아침에 일어나 목욕으로 하루를 시작할 수 있다. 자연 속에서 종일 목욕할 수 있으므로 손이 쪼글쪼글해질 것 같다. 가족과 같이 가고 싶은 곳이다.

이 네 군데 목욕탕 외에 후보지 네 곳이 더 있다. 매력이 상당하지만 주저되는 점이 있어서 버킷 리스트에 올릴까 말까 망설이는 중이다.

아산 신정관 온천탕

온양온천은 우리나라 문헌 기록상으로 가장 오래된 온천이다. 현재는 온양의 행정구역명이 아산으로 바뀌었지만 온양온천의 명성은 여전하다. 장항선 온양온천역 주변에는 크고 작은 호텔과 사우나, 목욕탕이 있다. 그중에서 신정관 온천탕은 작고 오래된 목욕탕을 좋아하는 내 취향에 딱 맞는다. 그런데 문제가 있다. 온천수를 받아놓은 탕 온도가 너무 뜨겁다. 50도는 당연히 넘는다, 보통 사람이 아니면 탕에 들어갈 수 없다는 방문객들의 증언 때문에 고민이다.

내 수준에서는 발가락만 넣었다 뺐다 할 것 같다.

제주 포도호텔 한실 욕실

혼자 유유자적 목욕을 즐기고 싶다면 이곳을 선택할 것 같다. 포도호텔은 전 객실에 아라고나이트 온수를 공급하는데, 특히 한실에는 '기소 히노키' 욕조가 설치되어 있다. 히노키 앞에 붙은 '기소'는 지명이다. 자료를 찾아보니 나가노현 기소군의 히노키를 최상품으로 친다는 걸 알게 되었다. 이러니 숙박 가격이 엄청 비쌀 수밖에 없다. 이번 생에 과연 여기서 목욕을 할 수 있을지 모르겠다. 바로 그 점 때문에 버킷 리스트에 올리고 싶다. 하룻밤 꿈 같은, 비현실적인 목욕을 하고 싶은 날이 있을 테니까.

터키 이스탄불 아야소피아 휘렘 술탄 하맘

하맘은 터키의 대중목욕탕이다. 하맘에는 한국의 온탕 같은 탕은 없다. 터키 사람들은 여러 사람이 물에 몸을 담그는 것을 비위생적이라고 생각한다나. 대신, 습식 증기 목욕을 하고 때를 밀 수 있다. 뜨뜻한 대리석 위에 누워 때를 밀고 거품 마사지를 받는 체험은 꼭 해보고 싶다. 그것도 5백 년이 넘은 유서 깊은 건물에서. 목욕비는 얼마 안 되는데 비행깃값이 엄청

나다. 이스탄불 여행을 하게 된다면 가볼 생각이다.

독일 비스바덴 카이저 프리드리히 온천

비스바덴은 이름 자체가 '숲속의 온천'이라는 뜻일 정도로 온천으로 유명하다. 그중에서 카이저 프리드리히 온천이 대표 격이다. 그런데 샤워실을 제외한 탈의실, 온천탕, 사우나, 그리고 수영장 모두 남녀 공용인데 맨몸(!)으로 이용한다. 문화적 격차가 너무 크다. 나는 독일 사람이 아니므로 일주일에 한 번 있는 '여성의 날'에 입장해야지. 여기서는 목욕이 끝난 뒤 노천카페에서 맥주를 마실 거다. 사실, 목욕보다 맥주에 더 끌린다.

목욕탕에서 살아나기

병든 세상을 사는 현대인은 조금씩 '환자'다. 병원 이름이 새겨진 환자복을 입고 출입을 통제하는 시설에 갇혀 신경을 느슨하게 만드는 약을 시간 맞춰 먹어야 하는 이들만 환자가 아니다. 평범한 사람들도 몸과 마음을 온전하게 간수하기가 쉽지 않다.

세상살이에 찌들어 마음에 축축한 그늘이 질 때 자신을 치료할 힘이 없다면 어떻게 해야 할까? 친구에게 속말을 꺼내면 도움이 된다. 그럴 친구가 없다면 상담사나 신경정신과 전문의를 찾아가는 것이 좋다. 상담사와 상담을 하거나 의사의 처방을 받아 항우울제나 항불안제를 먹는 것도 도움이 된다. 백세희 작가의 『죽고 싶지만 떡볶이는 먹고 싶어』의 흥행 비결 중 하나는 병원 문턱을 넘지 못한 사람들의 궁금증을 해소해주었다는 점이다. 그만큼 사람들은 마음을 다스리는 데 전문가의 도움을 받기를 부담스러워한다. 나도 그랬다.

설 연휴 즈음, 아이들을 데리고 시댁에 다녀온 직후였다. 명절에 몇 박 며칠씩 시댁에 가는 것은 십수 년을 반복한 연례행사였고 특별한 일도 아니었지만 유난히 여독이 풀리지 않아 나도 남편도 몹시 피곤했다. 지금 생각하면 구체적으로 기억나지도 않는 사소한 일로 옥신각신하다가 어금니를 앙다물었다. 평소에는 화를 내도 쉽게 푸는데 그날은 이상하게 마음이 쉬이 가벼워지지 않았다. 말이 안 통하니 마음을 닫아걸어야지, 다시는 상처받지 않아야지 독하게 결심했다.

잠이 오지 않았다. 그 저녁 이후로 80시간 동안 한잠도 자지 못했다. 의사의 처방을 받아 항우울제와 항불안제를 먹었지만 꼬인 수면 패턴은 좀처럼 풀리지 않았다. 이후 두어 달 넘게 불면증으로 고생했다. 불면증의 대표적인 유형인 입면 장애, 중도 각성, 조기 각성을 골고루 경험했다. 하얀 밤들이 많았다.

우울증도 함께 앓았다. 말수가 확연히 줄어들었다. 혼자 가만히 앉아 있으면 나도 모르게 입꼬리가 처졌다. 자율신경계가 말 그대로 자율로 노는지, 아무 데서나 눈물이 투둑 떨어지다가 줄줄 흘렀다. 불면증은 얼추 잡혔으나 주치의는 항우울제를 꾸준히 먹기를 권했다. 착한 딸과 아내, 며느리로 살면서 말하지 못하고 묻어놓았던 말들이 한꺼번에 반란을 일으킨 것 같았다. 마음은 너덜너덜해졌다. 막내를 키우면서 잃어버린 경력이 아쉽고 서러웠다. 그렇게 서러울 수가 없었다.

서러움과 더불어 분노의 뚜껑이 열렸다. 화살은

엄마에게 집중되었다. 어려서부터 들어온 엄마의 가르침과 지시를 그만 듣고 싶어졌다. 엄마가 나 잘되라고 해준 충고와 조언이 우편함 가득 꽂힌 광고지처럼 마음에 빈틈없이 들어차 있었다. 사우나실에 들어앉은 듯 숨이 가빴다. 내가 싫다고 말하지 않으니 엄마는 당신이 선을 넘는다는 것을 알 턱이 없었다. 엄마에게 이제 좀 그만하라는 말을 어떻게 해야 할지 난감했다.

엄마는 내게 종종 발뒤꿈치 좀 관리하라고 말했다. 목욕탕 가서 발뒤꿈치를 밀라고, 목욕탕에 못 가면 샤워하면서 1분씩만 밀면 되는 걸 왜 그 모양으로 내버려 두느냐고 했다. '왜 그 모양이긴. 애 셋 입에 밥 넣어주려고 장 보고 요리하고 상 차리고 먹고 치우다 보면 나한테 발뒤꿈치가 있는지도 잊어버리는데. 나를 가꿀 여력도 없지만 나에겐 발뒤꿈치가 그리 중요한 부분도 아닌데 뭘. 엄마는 원래 뭐든 잘 닦잖아. 엄마가 손질한 갈치엔 검은 핏덩어리가 한 점도 없고 전복은 껍데기 안쪽이 아니라 살에서 광이 나잖아. 엄마는 그 연세에도 발뒤꿈치를 말랑말랑하고 반짝반짝하게 잘 관리하는 사람이고 나는 아닌 거지. 그뿐인 거지'라고 말하고 싶었다. 하지만 엄마 귀에 말대꾸로 들릴 말을 하기가 어려웠다.

내 발뒤꿈치 내가 알아서 할게. "내발내알." 이 한 마디면 되는데 차마 입이 안 떨어졌다. 안 해본 말을 하기가 그렇게 어려운 줄 몰랐다. 엄마의 충고와 조언에서 벗어날 방법은 하나뿐이었다. 엄마에게 직접 말하긴 어려워서 여동생에게 전했다. "엄마 당분간 내 집에 오지 마시라고 해줘."

우울증이 좀 잦아든다 싶었는데 일상적으로 하던 일에 의욕이 없어지더니 꼼짝하기가 싫어졌다. 아침에 아이들을 학교와 어린이집에 보내고 나면 다시 이불 속으로 기어들었다. 어린이집에서 돌아오는 막내를 마중 나갈 때까지 그렇게 낮 동안 이불 속에 머물러 있었다. 몇 달씩 무기력한 나날이 계속되었다. 너무 오래 누워 있어서 허리가 아플 지경이었지만 나를 일으킬 힘이 없었다. 마음의 변화 이전에 몸의 변화가 먼저 있어야 했다.

목욕탕은 지친 마음을 쉬게 할 뿐 아니라 더 적극적으로 나 자신을 '치료'하기에 적합했다. 탕에 들어앉은 지 10분쯤 지나면 얼굴에서 땀이 흘렀다. 그럴 때 조용히 눈물을 같이 흘려도 괜찮았다. 얼굴이 좀 벌겋게 되어도 상관없었다. 사우나에 들어갔다 나온 사람처럼 보일 테니까. 목욕탕에서는 몸뿐 아니라 마음에 찌든 시커먼 때를 자연스럽게 내보낼 수가 있었다.

동네 단골 목욕탕에서 아는 사람과 마주친 적은 없었다. 그러나 그런 일이 생길까 두려웠다. 아는 사람을 만나면 말을 주고받아야 할 텐데, 그동안 잘 지냈느냐는 인사말에 눈물이 왈칵 쏟아질 것 같았다. 가능성이 작았는데도 꽤 신경이 쓰였다. 신경이 많이 쓰인 날은 집에서 차로 10분 거리의 목욕탕에 갔다. 단골 목욕탕보다 더 넓고 쾌적한 곳이었다. 각자 자기 몸 씻기에 바쁜 사람들 사이에 있으니 나도 내 몸 씻는 데 집중할 수 있었다. 마음도 한결 편했다.

몸을 추스르고 난 뒤 노트북을 켜서 이력서 파일을 찾아냈다. 별로 추가할 사항은 없었다. 사진을 최근 것으로 바꾸고 강사 채용 공고를 낸 몇 학교에 파일을 보냈다. 면접과 시강을 했고, 7년 공백을 뛰어넘어 다시 학교로 출근을 하게 되었다. 학생들을 만나니 덩달아 젊어진 기분이 들었다. 마치 결혼하기 전의 나로 돌아간 듯했다. 비록 시간강사였지만 학생들에게 최상의 수업을 해주고 싶었다. 아이디어가 샘솟았다. 내친김에 글을 쓰기 시작했다. 전업주부가 되어 전적으로 육아와 가사노동에 바쳤던 시간을 그렇게라도 보상받고 싶었다.

수업을 준비하고 글을 쓰면서 봉인했던 호기심이 움직였다. 풀과 나무, 꽃, 사람과 인생에 대한 관심이 빗발쳤다. 마치 관자놀이에 안테나가 달린 것 같았다. 그 안테나로 각종 정보가 쏟아져 들어왔다. 남들은 무심결에 지나치는 것들이었지만 내게는 무척 소중하고 특별하게 느껴졌다. 침대에 파묻혔던 몸으로 출퇴근에 적응하기까지 육체적으로 피곤했는데 마음은 오히려 둥실 떠오른 상태였다. 돌이켜보면 그때도 나는 여전히 아픈 상태였다. 나를 둘러싼 이들을 만족시키기 전에 나를 건져야 한다는 걸 알면서도 다른 이들을 위해 사용했던 시간, 그 시간에 익숙해진 몸과 마음의 균형을 찾기는 쉽지 않았다. 감격과 울컥은 잦았으나 평온함은 드물었다.

좌충우돌이 잦아진 날이면 목욕탕에 갔다. 이 정도면 되었다고 어깨를 으쓱했다가 다음 날 와장창 박살 나는 경험을 몇 번 하고 나니 어떻게 해야 할지 갈피를 잡을 수가 없었다. 40도로 데워진 탕에 들어가 눈을 감고 심호흡을 했다. 그러다 보면 죽을 때까지 매일 균형을 맞춰나가는 것 외에는 달리 방법이 없다는 결론에 도달했다. 우울과 무기력을 떨치고 요동치는 마음을 다독이면서 한 걸음씩 나아가는 수밖에 없었다. 나를 끝까지 믿어주는 친구들, 그 친구들의 응원에 힘입어 아기가 걸음마 하듯 발을 옮겼다.

이제 불면증과 우울증, 무기력증에서 벗어났지만 간간이 잠들지 못하는 밤과 우울을 떨치기 어려운 낮은 예고 없이 찾아오곤 한다. 꼼짝하기 싫은 기분이 다시 발목을 꽁꽁 싸매는 날도 왕왕 있다. 그래서 2주에 한 번, 못 가도 한 달에 한 번은 꼭 목욕탕에 가려고 애써왔다. 때수건으로 손발을 밀고 발바닥 각질을 제거하고 그럴 기운이 없는 날은 목욕관리사님의 도움을 받았다. 그렇게 하면 내게 달라붙은 질척하고 음습한 기운을 떨쳐내고 깨끗한 몸과 새로운 기분으로 생의 의지를 다질 수 있었다.

올해는 연초에 목욕탕에 다녀온 뒤로 한 번도 탕에 몸을 담그지 못했다. 겨울에서 봄으로 계절이 바뀔 때 묵은 때를 벗겨야 하는데 외려 때를 차곡차곡 쌓고 있다. 빼앗긴 일상을 되찾을 기미는 보일 듯 말 듯 하다. 정리해둔 목욕탕 버킷 리스트를 넘겨보며 다시 목욕탕에 갈 날을 꿈꾼다. 마음이 아픈 이들이 나처럼 목욕탕에서 삶을 되찾기를 기도하며 거리낌 없이 유리문을 밀어젖힐 날을 기다린다.

그래도 목욕탕에 간다

시부모님이 운영하셨던 목욕탕 위층 살림집 안방 벽에는 빨갛고 큰 숫자로 시와 분이 표시되는 시계가 붙어 있었다. 새벽 3시 반이면 어김없이 알람이 울렸고 아버님은 그 알람에 맞춰 자리에서 일어나 목욕탕 보일러를 돌리기 위해 지하로 내려가셨다. 시부모님이 목욕탕 영업에서 손을 떼실 때 목욕탕 건물 주인의 아들이 목욕탕을 이어받았으므로 목욕탕의 기물과 비품은 그 자리에 그대로 남았다. 그 빨간 디지털시계만 시부모님을 따라와 아파트 안방 벽에 걸렸다. 그러나 이제 알람은 울리지 않을 것이다. 두 분은 힘에 부치던 목욕탕을 정리한 뒤로 텃밭에 채소를 기르신다.

목욕을 좋아하지만 시부모님의 목욕탕만큼은 들어가고 싶지 않았던 새댁은 중년의 아줌마가 되었다. 이 정도 나이면 목욕탕에서 거리낄 것이 없을 줄 알았는데 생각지 못한 어려움이 생겼다. 이전처럼 탕에 오래 앉아 있을 수가 없다. 자칫 목욕이 길어지면 지구가 도는 게 느껴진다. 탕에서 나오다가 쓰러지면 어쩌지? 알몸으로 119 대원을 마주해야 한다고 생각하니 끔찍하다. '우리 동네 사는 키 큰 여자가 목욕탕에서 쓰러졌는데'로 시작하는 이야기의 주인공이 되고 싶진 않으므로 목욕 시간은 짧아질 수밖에 없고 물

밖으로 나올 때도 최대한 천천히, 조심스러운 동작으로 나와야 한다.

지금보다 훨씬 더 나이를 먹어도 혼자 목욕탕에 올 수 있을까? 여든을 넘어 누군가의 도움을 받지 않고 내 발로 걸어서 목욕탕 입구에 도착할 수 있다면 최상일 것이다. 내 상태도 문제지만 그때까지 동네 목욕탕의 간판 불이 꺼지지 않아야 가능하다. 이미 목욕업은 쇠퇴의 길을 걷고 있는데 그때까지 동네 목욕탕이 남아 있을지 모르겠다. 유현준 건축가가 설계한 전라남도 신안군 압해읍의 압해읍종합복지관 목욕탕처럼 공공건축의 힘에 기대는 것도 방법이다.

"일본에서 할머니 한 명이 혼자 목욕하는데, 정말 느리게 상상할 수 없는 속도로 정갈하게 씻는 것을 봤다. 씻는다는 것이 숭고한 일이구나 하고 느꼈다." 일본의 온천 120여 곳과 한국의 온천과 목욕탕 74곳을 방문한 목욕 문화 기록자 안소정 씨의 『한겨레』 신문 인터뷰 기사를 읽었다. 앞으로도 꾸준히 목욕탕을 들락거리다 보면 누군가에게 숭고미를 느끼게 하는 사람이 될 수도 있다는 얘기다. 존재 자체만으로 위로를 주는 사람이 되는 것은 내 오랜 꿈이었다. 온 세상 목욕탕이 사라지지 않는 한, 그곳으로 향하는 내 발길을 끊지 않는 한, 그 꿈이 이루어질지도 모른다.

나를 만든 세계, 내가 만든 세계
'아무튼'은 나에게 기쁨이자 즐거움이 되는,
생각만 해도 좋은 한 가지를 담은 에세이 시리즈입니다.
위고, **제철소**, **코난북스**, 세 출판사가 함께 펴냅니다.

아무튼, 목욕탕

초판 1쇄 2020년 11월 20일
초판 2쇄 2023년 3월 20일

지은이 정혜덕
편집 조소정, 이재현, 조형희
디자인 일구공 스튜디오
제작 세걸음

펴낸곳 위고
출판등록 2012년 10월 29일 제406-2012-000115호
주소 경기도 파주시 회동길 290 206-제5호
전화 031-946-9276
팩스 031-946-9277

hugo@hugobooks.co.kr
hugobooks.co.kr

ISBN 979-11-86602-58-4 02810